EDITION 211

Michael Böhm

Herrn Petermanns unbedingter Wunsch nach Ruhe

Roman

EDITION 211

1. Auflage
Lektorat: Eva Weigl
Satz/Layout: Martina Stolzmann
Covergestaltung: Martina Stolzmann
Titelmotiv: tinadefortunata/Fotolia
Druck: CPI – Clausen & Bosse, Leck
Made in Germany
ISBN 978-3-937357-80-5
www.bookspot.de

Für
Christel und Manuel

Störe meine Kreise nicht!

Archimedes

Erster Teil

1

Morgens beim Rasieren sieht Dr. Leo Petermann in das liebenswürdig lächelnde Gesicht eines Mörders.

Der Gedanke, diese Erkenntnis, dringt nicht einmal bis in mein Bewusstsein vor. Die Augen blicken mich nur ganz kurz aus dem Spiegel heraus kühl und ruhig an, lächeln nicht mit. Und schon kehrt das Lächeln in die Augen zurück. Ich grüße den Mann im Spiegel freundlich. Höflichkeit ist nun mal unwiderstehlich. Zusammen mit einem warmen Lächeln sind das erfolgreiche Waffen im ständigen Kampf mit den Mitmenschen. Damit sind sogar unüberwindlich erscheinende Festungen einzunehmen. Diese für mich wichtige, ja entscheidende Weisheit hatte ich als einen der ersten Eckpfeiler meines Lebens schon früh begriffen. Seitdem war die Liebenswürdigkeit stets ein wesentliches Zeichen meiner Persönlichkeit, wurde die Höflichkeit zu einem Teil meines Wesens. Und so wird es für den schmalen Rest meines Lebens auch bleiben.

Der neue Tag kann beginnen. Er wird so ablaufen, wie ich ihn mir vornehme, ihn mir gestalte. Ich habe mir nämlich die Freiheit erworben, zu machen, wonach mir der Sinn steht.

Heute setze ich mich an meinen Schreibtisch und fange an, mit grüner Tinte in ein leeres, rot gebundenes Buch zu schreiben.

Zu Beginn des Textes möchte ich erst einmal bei meinem Spiegelthema bleiben.

Als Dickköpfigkeit, Trotz, Zorn, die natürlichen Kampfmittel eines Kindes, zumeist an gezogenen Grenzen scheiterten, also zu nichts führten, den Gegenwind des überlegenen Gegners eher noch erhöhten, nahm ich mir, ein instinktives Wollen, mein damaliges Kindermädchen zum Vorbild. Verfolgte gespannt, wie sie es machte, jeden – und vor allem mich – regelrecht um den Finger zu wickeln. Weshalb waren alle, mit denen sie zu tun hatte, so nett zu ihr? Ich ließ Christa eine ganze Weile nicht mehr aus den Augen. Sie war mein erstes Forschungsobjekt. Ich sammelte Fakten, unterzog diese immer wieder einer Analyse. Ein noch unbewusster, ganz natürlicher Vorgang, denn damals gehörten Vokabeln wie *Fakten* oder *Analyse* noch längst nicht zu meinem Wortschatz. Und eines Tages wusste ich, erkannte ich die Antwort. Christa war zu allen höflich und zuvorkommend, schien jeden ernst, ja wichtig zu nehmen. Wie sie es machte, wirkte es nicht aufgesetzt, nicht gespielt. Christa war einfach so. Eine freundliche Person eben. Eine Frau, die mit einer Leichtigkeit erreichte, was wohl keine bewusst eingesetzte Strategie so einfach vermocht hätte.

Meiner Aufmerksamkeit entging ebenfalls nicht, dass Höflichkeit als eine hervorragende Tarnung dienen kann. Auf jeden Fall: Ich verdanke der Höflichkeit viel. Letztendlich wohl auch das wunderschöne Haus über dem See. Dort, im Weiler Kimmling-Hof, lebe ich seit etwas mehr als einem Jahr. Es war ein gutes Jahr. Wenn ich es in Gedanken Revue passieren lasse, eines der besten in meinem Leben, da es so gut wie immer selbstbestimmt, nur zu einem ganz geringen Teil fremdbestimmt ablief. Ich komme nicht leichtfertig zu dieser Aussage. Habe genügend Vergleichszeit angehäuft. Darf inzwischen auf sechs Jahrzehnte zurückblicken.

Wie bin ich in Kimmling-Hof gelandet?

An einem frühen Sonntagabend fuhr ich in meinem Wagen über Land, um einen Ort zu finden, der mich vielleicht verlocken könnte, dort für den Rest meines Lebens zu bleiben. Zudem hatte ich nachzudenken, wollte dabei nicht in meinen vier Wänden in München hin und her laufen. Meine Augen sollten die Grenze für meine Gedanken bestimmen. Ich wollte für den Rest meiner Zeit nicht mehr rund um die Uhr, wie seit Jahrzehnten, nur für die Firma, war es auch die meine, da sein. Noch hatte ich den roten Faden einer Alternative nicht in den Händen. Darum ging es, als ich fast den von Ästen eines Obstbaumes verdeckten Wegweiser hinunter zum See übersehen hätte. Ich war schon vorüber, setzte zurück und rollte im Schritttempo den geteerten Weg abwärts. Und dann entdeckte ich das Schild auf der Krone einer pittoresken Mauer, was heißen soll, sie war nicht mehr allzu gut in Form. Auf dem Schild standen zwei mit roter Farbe gepinselte Worte. *Zu verkaufen*. Das waren die magischen Zeichen, die den weiteren Weg vorgaben, den Denkprozess ab diesem Augenblick steuerten. Ich saß im Auto, der Motor lief, und ich starrte die zwei Worte an. Nach einigen Minuten stieg ich aus und kletterte auf die Mauer, sah das Haus und den Garten und den Blick hinunter zum See. Gerade in diesen Momenten malte die Sonne das Wasser golden. Farben, süß wie Limonade. Kitsch. Ich stand und schaute, bis das Wasser wieder fast schwarz wurde, begann mir dabei vorzustellen, wie ich auf diesem Fleckchen Erde meine Zeit verbringen würde.

Es zeigte sich tatsächlich, dass es eine gute Entscheidung war, mich hierher zurückzuziehen, die meiste Zeit mit mir alleine zu sein. Kann mich in meinem Refugium beschäftigen wie ich will, mich ungestört mit mir selbst befassen. Ohne Zeugen mit den hellen und den dunklen Seiten meines Wesens toben. Meine innere Stimme hat sich mit der Zeit immer mehr in den Vordergrund geredet und mich davon überzeugt, dass mir nicht mehr viel Zeit bleibt. Kein Arzt wird auf der Suche nach einer versteckten Krankheit bei mir fündig werden. Das weiß ich. Dennoch bin ich überzeugt, dass das Ende meines Lebens in der nahen Zukunft liegt. Nachdem die Stimme in meinem Kopf die Ahnung zur Gewissheit hochgeredet hatte, begann ich meinen Nachlass zu planen. Und dazu gehörte vor allem der Rückzug auf das Land. Nach Kimmling. Inzwischen ist so gut wie alles geordnet, einschließlich des Ablaufs meiner Beerdigung. So kann ich unbelastet von Ablenkung meine letzte Zeitspanne leben.

Wenn die Ruhe gegen Abend zur Stille wird, dann ist das jedes Mal ein Geschenk für meine Seele, so ich eine habe, wie Schopenhauer sagte. Ruhe ist ein unschätzbares Gut. Ich werde jedenfalls alles unternehmen, um mein kleines Reich, meinen Garten Eden, gegen mutwillige Störungen zu verteidigen. Wenn ich *alles* schreibe, dann meine ich auch alles.

Ein penetranter, unbelehrbarer Störenfried musste bereits für seine Sünden büßen.

Der Mann in dem Haus am Hang über dem See hat ihn auf den weiten Weg geschickt, von dem es keine Rückkehr gibt. Wenn der Mann am Morgen ab und zu sein Gesicht im Spiegel betrachtet, vermag er das Kainszeichen nicht zu entdecken, sucht es ernsthaft auch gar nicht. Niemand in seiner Umgebung vermutet in ihm einen Mörder. Die Menschen, mit denen er zu tun hat, etwa seine Nachbarn, sehen in ihm einen netten, zuvorkommenden älteren Herrn, der gerne hilft, wird er um Unterstützung gebeten.

Wie ist das mit dem Thema Tod?

Leo Petermann beschäftigt sich damit. Wie geht er mit den entscheidenden Fragen um? Hat er Angst vor dem Jenseits? Oder fühlt er vielmehr Neugierde? Der Tod ist für ihn kein theoretischer Fixpunkt. Nicht mehr, wie gesagt. Da ist zunächst einmal das Bewusstsein über seine eigene Endlichkeit auf Erden. Zum Zweiten der Tod eines Menschen, den er kalt, völlig emotionslos geplant und herbeigeführt hat. Belastet der Tote sein Gewissen? Er möchte nicht einfach so nein *sagen. Er hört in sich hinein, forscht der Aussage seines Gewissens nach. In seinem Gesicht findet er nicht den Daumenabdruck Gottes, keinen Hinweis, der ihn zur Reue aufruft. Da war für ihn nur dieser dumme Mensch, der für seine provozierende Ungezogenheit bestraft wurde.*

Was ich fühle, was ich höre, ist die Rückkehr der Stille auf den sanften Hügel über dem See.

Nein, ich vertrete keineswegs den Standpunkt, das Gewissen existiere nicht. Möchte da nicht falsch verstanden werden. Allerdings ist es meine Ansicht, dass ebenso wie bei den Tieren auch beim Menschen ein Gewissen nicht zur Grundausstattung des Baukastens der Natur gehört. Dann nämlich hätten sich die Menschen im Laufe der Geschichte ganz anders aufführen müssen. Das, was wir Gewissen nennen, ist dem Menschen anerzogen, das Ergebnis von Jahrtausenden, ist die lenkende Zuchtrute bei der Erziehung durch Eltern, Schule oder Kirche. Gewissen setzt unbedingt die Erkenntnis, das Eingeständnis von Schuld voraus.

Meine Eltern hatten keinen Einfluss, keinerlei Wirkung auf mich. Aus völlig unterschiedlichen Gründen. Meine Mutter habe ich nie kennengelernt. Sie starb nur wenige Monate nach meiner Geburt. Mein Vater kümmerte sich nicht um seinen Sohn. Dafür gibt es übrigens bis heute keine Anzeichen. Der Herr Professor lebte immer nur für die Wissenschaft. Wollte mit seiner Arbeit als Forscher die Menschheit einen Schritt weiterbringen. (So hat er es tatsächlich einmal formuliert.) Um die ersten tapsigen Gehversuche seines Sprösslings zu verfolgen, hatte er nicht nur keine Zeit, daran verschwendete er nicht einmal einen Gedanken. Verbrachte lieber seine Tage auf dem Campus, am Schreibtisch im Studierzimmer, *von Bücherwänden eingemauert* (wie er gerne ironisch gefärbt sagte), oder auf Symposien beim Austausch mit anderen klugen Köpfen. Also woher sollte er bitte die Zeit nehmen, vorausgesetzt er hätte es gewollt, seinem Kind Grundwerte zu vermitteln? Den kleinen Kerl aufzuziehen, überließ er großzügig den wechselnden Kindermädchen. Nur eines von ihnen, Christa, hat sich bis heute in meiner Erinnerung behauptet. Christa pflegte meine körperlichen Bedürfnisse, für Geist oder Seele sah sie sich nicht zuständig. Im privaten Kindergarten, der unter dem Kommando der lieben Tante Gretel reibungslos funktionierte, hatte Christas Vorbild bereits so weit Früchte getragen, um sicher getarnt zu sein. Im Internat – vom ersten Tag meiner Schulzeit bis zum letzten war ich Internatsschüler – war ich bereits ein Profi jener formvollendeten Liebenswürdigkeit. Mit ihr als Rüstung lächelte ich mich erfolgreich durch die Schuljahre. Ich sah mir von außen zu, dem Schauspieler, der auf der Bühne agiert. Einfluss auf mein Denken und Fühlen ließ ich nicht zu. Mein Inneres war von außen nicht mehr zugänglich. Der Kirche in Person des Internatsgeistlichen oder des Religionslehrers bin ich elegant ausgewichen. Letzterer hatte mich einmal *Leo, der Schwindler* genannt. Damit liefen die Versuche, mich in den Zirkel der Kirche zu locken, ins Leere. Sie rannten gegen eine Wand eisiger Höflichkeit. Ab da hatte die Kirche keinen Zugriff mehr auf mich, bekam auch keine Chance mehr.

Es brauchte seine Zeit, bis ich mir eingestand, offenbar nicht zu besitzen, was die anderen *das Gewissen* nannten. Es war in der Oberstufe, als mir das deutlich wurde.

2

Wie lange liege ich schon vor mich hindämmernd in meinem Bett? Es ist noch ziemlich zeitig am Morgen, fühle ich, weiß es nicht. Irgendwann bin ich so weit wach, mich zur Seite zu rollen, auf die Uhr zu sehen, um mir Gewissheit zu verschaffen. Halb drei. Die Stunde des Wolfes. Die Statistik behauptet, in den sechzig Minuten zwischen zwei und drei sterben die meisten Menschen. Wird sie auch meine Todesstunde sein? Soll ich es als Zeichen werten, gerade um diese Zeit aufzuwachen? Wenn es so weit ist, wer wird mich finden? Vermutlich Martha. Sicher ist nur, niemand wird bei mir sein, wenn ich den Schritt ins Jenseits mache, meinen Erdenweg beende. Ich schlafe alleine. Bewohne mein Haus alleine. Was sind das für Gedanken? Sie beginnen im Kreis zu laufen, blasen sich zu einem Haufen Schwachsinn auf. Ich kenne das. Kann recht gut damit umgehen. Um dem einen Schlusspunkt zu setzen, schwinge ich meine Beine aus dem Bett. Der Schlaf hat sich längst verzogen. An der Schalttafel in der Küche drücke ich das Icon, um die Läden hochfahren zu lassen. Auf nackten Sohlen streife ich einfach so durch das dunkle Haus. In der Küche trinke ich ein Glas Wasser. Trete auf die Terrasse hinaus. Die Luft ist frisch. Ein klarer Sternenhimmel. Über dem See schwebt Nebel. In der Bibliothek versuche ich, im *Glasperlenspiel* zu lesen. Nach noch nicht einmal einer Seite lege ich das Buch wieder auf den Tisch zurück. Mein Kopf weigert sich, dem wunderbaren Text zu folgen. Gehe ins Bad hinauf. Grüße den

Mann im Spiegel mit einem freundlichen Grinsen. Kämme meine Haare, putze meine Zähne, rasiere mich. Immer noch im Schlafanzug setze ich mich an den Schreibtisch. Lese erst einmal die Abschnitte, die ich gestern geschrieben habe. Korrigiere hier und da, und schreibe dann weiter. Schreiben gehört zu meinem Tag im Haus über dem See.

Schon als Jugendlicher schrieb ich gerne. Es gefiel mir, eine andere Wirklichkeit allein durch Worte entstehen zu lassen. Angestachelt von unserem Deutschlehrer schrieb ich zwei kurze Stücke, die von der Theatergruppe der Schule aufgeführt wurden. Autor zu sein beförderte mich, zumindest für eine Weile, zu einem Star unter den Mitschülern. Allein, es blieb nur eine Episode. Nach der Schulzeit wurden die Weichen anders gestellt. Der Antrieb zum Schreiben war nicht einmal stark genug, um ein Tagebuch zu führen. Doch irgendwo in einer versteckten Falte meines Wesens blieb der Wunsch zu schreiben über die Jahre hinweg immer wach. Seit ich in Kimmling-Hof lebe, einem Weiler mit einem halben Dutzend locker am Hang verteilten Höfen sowie einigen auf großen Grundstücken stehenden Häusern, habe ich nun die Zeit für das Spiel mit der Fantasie und den Worten. Jetzt kann ich mir die Spinnerei mit Ideen erlauben. Kann mit ihnen spielen. Spielen. Das ist etwas, was ich bisher nicht kannte. Ein Herumtollen im weiten, unbegrenzten Garten der Sprache. Es macht Spaß, mit Wörtern zu hantieren. Ich baue fragile Türme damit. Wie andere es mit Bierdeckeln machen. Ich bin sehr behutsam, damit meine Wortgebäude nicht in sich zusammenstürzen.

3

Ich bin mit dem Fahrrad unterwegs nach Kimmling, um beim Bäcker List meine Frühstückssemmeln zu holen. Könnte sie mir auch bringen lassen. Aber diese morgendliche Ausfahrt bei

Wind und Wetter tut mir gut. Auf dem kurzen Anstieg vor dem Ort höre ich oft den Zug pfeifen, noch bevor ich ihn sehe. Wie ein beweglicher Scherenschnitt rollt der Schienenbus dunkel gegen den helleren Himmel auf der Höhe lautlos auf Kimmling zu. Wenn ich die Schienen erreiche, ist die Bahn bereits vorüber, steht vor dem kleinen Bahnhof.

Während ich in der Bäckerei vor der Theke warte, bis ich an der Reihe bin, sehe ich die Frau durch die Schaufensterscheibe. Zufällig. Hätte ich mich nicht umgedreht, wäre sie gleich wieder aus dem Bild gewesen. Was tut sie hier? Macht sie Urlaub? Möglich. Die Fremdenzimmer im Ort sind, soviel ich weiß, gut ausgelastet. Weshalb verschwende ich überhaupt Gedanken an diese Fremde? Was geht sie mich denn an? Nichts. Überhaupt nichts. Dennoch frage ich gleich darauf die Verkäuferin so nebenbei nach der Unbekannten. Die Frau suche ein Haus in der Gegend, kommt die Antwort prompt, wohne drüben beim Lindenwirt.

Darf ich einfach so daraus schließen, sie ist nicht wegen mir hier? Die Frau ist mir nämlich in den letzten Tagen zu häufig über den Weg gelaufen, um sie einfach abzutun. Auch wenn Kimmling nur ein kleines Dorf ist, kann ich nicht an eine solche Häufung von Zufällen glauben.

Ich verlasse die Bäckerei, besteige mein Fahrrad und habe die Frau schon aus meinen Gedanken verabschiedet.

4

Es war nach den ersten Wochen, als Korbinian mich herumführte, mir die nähere Umgebung vorstellte.

Wir sagten noch nicht *du* zueinander, doch Korbinian schon *Herr Doktor* zu mir. Ich habe mir da noch nicht vorstellen können, dass dieser breitschultrige, direkte, mit viel Mutterwitz gesegnete Mann, dass er mir einmal zu dem werden würde, was die

Italiener *Freund des Herzens* nennen. Diese Stelle hatte ich bisher noch nie zu besetzen gehabt.

Der Himmel war blassblau, die Luft angenehm kühl, ein heller, durchsichtiger Morgen. Wir schritten über die Wiesen auf den Wald zu. Bevor wir den Turm erreichen würden, wollte er mir die im Wald versteckten Felsen zeigen. Tatsächlich waren es mächtige Brocken, stark mit Moos überzogen und stellenweise von kleinen, verkrüppelten Bäumen bewachsen. Korbinian führte mich in das Felsenlabyrinth hinein und deutete auf zwei gegenüberliegende, mit ihrer stumpfen Schwärze drohend wirkende Spalten. Auf seinem Gesicht meinte ich einen gewissen Stolz zu erkennen, den ich mir zunächst einmal nicht erklären konnte. Inzwischen weiß ich, es ist der Ausdruck von Korbinians Stolz auf seine Heimat. Er stammt aus Kimmling und viele herzeigbare Besonderheiten hat der kleine Ort nicht aufzuweisen. Die Spalten führen tief hinunter, sagte er. Wie tief? Keine Ahnung. Es war noch keiner unten. Warum nicht? Ich beugte mich über die Spalte. Ein nicht zu dicker Mensch müsste da hineinschlüpfen können. Zu uninteressant, zu unbedeutend für Höhlenforscher, meinte Korbinian. Wir gingen zurück zum Weg und weiter hinauf zum Turm.

Welche Rolle diese Felsspalten noch spielen sollten, war wirklich nicht einmal zu ahnen, lag noch in der Zukunft versteckt.

5

Die Zeitung steckt im Briefkasten am Tor. Ich lese sie beim Frühstück, das ich mir auf der Terrasse serviert habe, mit Blick hinunter zum See. Einer der schönen Momente des Tages. Zudem gibt es heute keine bedenklichen Schlagzeilen, die von Katastrophen irgendwo auf der Welt künden. Die ersten Seiten sind mit politischen Blaupausen gefüllt. Lese nur quer. Formuliere nicht mal meine kommentierenden Gedanken aus. Finde

Punkte, bei denen mich verwundert, was politisch und wirtschaftlich Kurioses von den Menschen alles geduldet wird. Frage mich, warum murren sie nicht, ist doch oft genug sogar genügend Potenzial für Wut vorhanden? Das Volk zeigt sich erstaunlich geduldig. Es bleibt eine Schafherde, von oft ungeeigneten Hirten geweidet. Die Seiten des Feuilletons interessieren mich inzwischen viel mehr als Politik oder Wirtschaft. Das Kellertheater in der Kreisstadt kündigt ein neues Kabarettprogramm an. Ich mache mir gedanklich einen Knoten in mein Taschentuch. Das kleine Theater hat für mich einen anziehenden Charme, ist gemütlich, fast familiär. Man sitzt unter Gleichgesinnten, ohne sich allzu nahe auf den Pelz zu rücken. Kennt sich, wenn auch nur vom Sehen. Nur vor Beginn der Vorstellung und während der Pause spricht die Bedienung am Tisch vor. So fällt das Schlange stehen am Tresen weg, was immer wieder zu Unterhaltungen führt, denen ich allerdings meistens elegant aus dem Weg gehe. Ich unterhalte mich gerne, allerdings weniger mit Menschen, die mir der Zufall in den Weg spült. Da gebe ich mich scheu, strahle Abneigung gegen Annäherung aus. Zwei Mal war ich mit Paula in diesem Theater. Sie zog wie magisch die Blicke auf sich, was sie gar nicht zu bemerken schien, ist daran gewöhnt. Ihre lockere Natürlichkeit ist eine unsichtbare zusätzliche Anziehung, die auf die Menschen wirkt.

Ich lege die Zeitung zur Seite. Die Tasse in der Hand, lasse ich zu den letzten Schlucken Kaffee meine Augen spazieren gehen. Ein winziges Ritual. Unmittelbar vor mir, quasi zu meinen Füßen, breitet sich der Rosengarten aus, in dem ich die nächste Stunde zu verbringen gedenke. Blumen, allen voran die Rose, sind für mich das Synonym für Schönheit überhaupt. Dem Rosengarten schließt sich der Obstgarten mit Kirsch-, Apfel-, Pflaumen- und sogar zwei Birnbäumen an. Das hohe Gras unter den Bäumen wogt hellgrün im schwachen Morgenwind. Franz, der alte Schäfer, wird in diesen Tagen mit seinen Tieren kommen. Ich mag diese natürlichen Rasenmäher. Die modernen mit ihrem nervtötenden Motor sind mir ein Gräuel. Franz' Hütehund wird darauf achten, dass die Tiere nicht übermütig über die niedrige Mauer in die Rosen springen. Die Mauer ist aus hellen faustgroßen Seekieseln errichtet, worauf der Makler immer wieder stolz hinwies, als sei das seine Idee gewesen. Seitlich der Bäume ist die Sicht frei auf eine breite Bucht des Sees mit Schilfufer und einigen dunklen Bootshäusern. Drüben auf der anderen Seeseite, vielleicht so um die zehn Kilometer entfernt, steigen die grünen runden Hügel an. Fruchtbares, buckeliges Bauernland. Davor, im klaren Morgenlicht, sind die roten Dächer, der hellgrüne Zwiebelturm der Kirche des kleinen Ortes zu sehen, dessen Namen ich bis heute nicht kenne. Mitte Mai kommt, ich habe es mir gemerkt, die Zeit, in der die Rapsfelder gelb herüberleuchten. Hebt sich der feine Schleier vor dem Horizont, stehen die Gipfel der Alpen zum Greifen nahe.

Diese wenigen Minuten des meditativen Schauens, diese wunderbare Stille, die wie Manna vom Himmel fällt, sind ein Geschenk, sind Balsam für das Gemüt. Das ist das Fleckchen Erde, für das ich mich entschieden habe, von dem ich sicher bin, dass ich genau hierher gehöre. Und wieder wird mir bewusst, wie wichtig mir vor allem die wunderbare Ruhe ist.

Bis zum Mittag arbeite ich im Rosengarten, länger als ich es eigentlich vorhatte. Immer wieder gebe ich mich der Sinnenfreude hin, mich über ein besonders schönes Exemplar zu beugen und den Duft zu genießen.

Irgendwann fühle ich Blicke in meinem Rücken. Oben auf der Terrasse steht Martha. Sie hat mir das Essen gebracht. Eine der eher raren Ausnahmen. Gewöhnlich gehe ich hinüber zu den Weilnböcks zum Essen. Martha und ihr Mann Korbinian sind meine Nachbarn. Zu Freunden sind mir die beiden inzwischen geworden. Martha ist meine Haushälterin. Mit Korbinian spiele ich Schach.

Den Korb und die Schere in der Hand verlasse ich den Rosengarten. Schenke Martha mein schönstes Lächeln, danke ihr, lasse damit ihr rundes offenes Gesicht strahlen. Sie betritt vor mir das Haus. Im Esszimmer hat sie den Tisch gedeckt. Mit kurzen Sätzen teilt sie mir mit, was sie mir aufgetischt hat.

Du bist eine Magierin der Küche, Martha.

Wenn möglich, würde sie jetzt schweben.

Ihr Blick geht zum Fenster. Vor dem Haus sitzt Korbinian wartend im Auto. Einmal im Monat besuchen sie Marthas Bruder, der den elterlichen Hof übernommen hat, im Bauernland drüben jenseits des Sees.

Marthas gutes Essen versetzt mich in eine behagliche, beinahe schon träge Stimmung. Mit dem Glas Rotwein in der Hand gehe ich hinaus, genieße Wein und Aussicht. Ein leichter Wind streicht von den Hügeln herüber. Nach einer Weile gehe ich in die Bibliothek, lege mich auf die Couch, lese im *Glasperlenspiel*. Schnell werden mir die Augen schwer. Obwohl ich gar nicht lange schlafe, bin ich nach dieser Siesta putzmunter. Stelle mich ans Fenster, die Hände, wird mir bewusst, wie zu einem Gebet gefaltet, und sehe hinüber zum Kastlerhof.

Da ich den letzten Schluck Wein vorhin auf der Terrasse getrunken habe, öffne ich in der Küche eine neue Flasche. Keine von meinen besten, doch eine gute. Schlechte Weine habe ich gar nicht im Keller. Mit einem Tuch poliere ich zwei Gläser. Lasse Flasche und Gläser erst einmal auf der Anrichte stehen. Trage zunächst den kleinen runden Tisch und zwei Stühle vom Gartenhaus in den Schatten eines Apfelbaumes hinüber. Von dort ist ein schmaler Streifen des Sees zu sehen. Über den Rasen gehe ich am Haus vorbei nach vorne zu den Garagen, bleibe dort stehen und sehe die Auffahrt hinunter. Ich gehe davon aus, dass der Pfarrer, der sich telefonisch ankündigte, pünktlich sein wird. Ich werfe eben einen Blick auf meine Uhr, da biegt der alte verbeulte, ehemals hellblaue Golf in die Auffahrt ein.

Es ist Hochwürden Demmes dritter Besuch bei mir. Das erste Mal stand er vor der Tür, da war ich gerade erst wenige Wochen in das Haus übersiedelt, noch mit der Organisation und Überwachung des Umbaus sowie mit der Inneneinrichtung gut beschäftigt. Auf eine liebenswürdige Art – er war mir da wohl etwas ähnlich – kam der Pfarrer ziemlich schnell zur Sache. Ihm war selbstverständlich zugetragen worden, dass ein vermeintlich Gutbetuchter aufgetaucht war. Viele unsichtbare Augen beobachten das Treiben jedes Neuen in einem kleinen Ort. Bis zu diesem Tag hatte ich die Vorstellung gehabt, das Kunstverständnis eines Dorfpfarrers sei an Heiligenbildchen geschult. Weit gefehlt. Hochwürden Demme kannte sich aus. Ihm ging es um das alte Kloster von Kimmling. Er hatte eine Stiftung gegründet, für die er unermüdlich Geld sammelte. Hatte es sich zur Aufgabe gemacht, das alte Gemäuer vor dem Verfall zu retten. Es war ihm eine Herzensangelegenheit. Wie man mir mehrfach zuraunte, wohl ein Kampf gegen Windmühlenflügel. Zu dieser Zeit kannte ich das Kloster noch nicht, hatte noch nicht einmal davon gehört. Niemand, vom Pfarrer abgesehen, interessierte sich wirklich dafür. Nicht einmal der Denkmalschutz, der gewöhnlich eifersüchtig die Hand auf jeden bemoosten Stein legt. Der so freundliche, harmlos wirkende Mann mit den roten Bäckchen war beharrlich, ließ sich durch nichts entmutigen. Irgendwie imponierte mir seine Haltung. Ich hatte alle Hände voll zu tun, eigentlich gar keine Zeit für Pfarrer Demme. Er schlug mich mit meinen eigenen Waffen, mit seinem Lächeln. Meinen höflichen Einwand, ich sei nicht katholisch, tat er mit einem Kopfschütteln und den Worten ab, es gehe gar nicht um Religion. Ein altes Kulturgut gelte es zu bewahren. Das Kloster von Kimmling. Um ihn loszuwerden, der Architekt stand mit einem Plan ungeduldig wartend in der Nähe, versprach ich ihm eine Spende, wenn er mir die Kontonummer dalasse. So schnell wie ein geschickter Hütchenspieler zog er ein Formular aus seiner Jackentasche, drückte es mir in die Hand, sagte, er wolle nicht weiter stören, und trat mit der Andeutung einer Verbeugung augenblicklich den Rückzug an. Und schon hatte ich ihn vergessen.

Unser zweites Treffen fand im Garten statt. Ich sah mir gerade die Obstbäume an, die jetzt meine waren, als ich eine Bewegung im Augenwinkel wahrnahm. Pfarrer Demme stand drüben auf dem Pfad, der vom Dorf her zum See hinunterführt, und winkte. Ich malte ihm den Weg um das Haus herum in die Luft und er nickte als Zeichen, dass er verstanden habe. Während er zwischen den Büschen verschwand, ging ich ins Haus, wusch mir die Hände, öffnete mit Knopfdruck das Tor zur Auffahrt und erwartete ihn an der Haustür. Wir reichten uns die Hand und ich schlug vor, uns unter die Bäume zu setzen, lud ihn zu einem Glas Rotwein ein. Ohne kokettierendes Zögern nahm er meine Einladung an.

Nach dem ersten Schluck, den er mit einem Lächeln und dem Streichen der Zungenspitze über die Lippen würdigte, deklamierte er, das Glas in der Hand:

Du lässest Gras wachsen für das Vieh
und Saat zu Nutz den Menschen,
dass du Brot aus der Erde bringest,
und dass der Wein erfreue des Menschen Herz.

Die Psalmen sind ein wunderschöner poetischer Teil der Weltliteratur, sagte ich lächelnd zu ihm.

Der Pfarrer neigte seinen Kopf und zollte meinen Bibelkenntnissen Respekt. Daran schloss er, fast in einem Atemzug, seinen Dank für meine, wie er sagte, großzügige Spende, die ich gar nicht als solche eingeschätzt hatte.

Die Bibel ist eines der schönsten Bücher, in denen man seinen Geist spazieren gehen lassen kann, rückte ich sein Lob an den richtigen Platz.

Ohne mit der Wimper zu zucken, akzeptierte er meine Aussage, ich sei Agnostiker. Mit keinem Wort versuchte er, den Missionar zu spielen. Er saß nicht mit einem möglichen Schäfchen zusammen. Ich war ein Spender für seine Stiftung, den er warmzuhalten versuchte. Es entwickelte sich eine anregende Unterhaltung, die er nach dem zweiten Glas und einem schnellen Blick auf seine Armbanduhr bat, beenden zu dürfen.

Nun also sein dritter Besuch. Auf dem Weg in den Garten nehme ich Gläser und Wein mit. Im Rosengarten bleibt der Pfarrer stehen. Seine Blicke wandern über die Blumen. Mit einfachen, ehrlichen Worten dankt er für meine Zuwendung für das Kloster. Ich hatte ihm das letzte Mal einen Betrag zukommen lassen, der mit Bedacht niedriger war als die erste Spende.

Ob ich mir bewusst sei, in einem irdischen Paradies zu leben, sind seine ersten Worte, nachdem wir Platz genommen haben.

Ich lächle und schenke Wein ein.

Danken Sie dem Himmel jeden Tag dafür? Das dürfen auch Agnostiker. Seine hellen Augen strahlen mich mit heiterer Zufriedenheit an.

Ich halte es mit Schopenhauer, antworte ich ihm.

Schopenhauer?

Lieber Gott, wenn es dich gibt, rette meine Seele, wenn ich eine habe.

Der Pfarrer nickt schmunzelnd. Ich verstehe, sagt er.

Wir sehen uns an, heben die Gläser, trinken.

Bevor er den Wein mit Worten lobt – ich kenne ihn schon so gut, um darauf zu warten –, streicht er mit der Zungenspitze über seine Lippen.

Er hört aufmerksam zu, als ich das schöne alte Weingut vor seinem geistigen Auge erscheinen lasse, von dem meine Weine kommen. Was ich ihm nicht erzähle, ist, dass das Weingut mir gehört. Er muss es nicht wissen. Aber ich muss daran denken, die Kisten mit den leeren Flaschen vom Keller in die Garage zu bringen, denn in zwei Tagen ist eine neue Lieferung vom Gut angekündigt.

Pfarrer Demme berichtet von dem, was sich im alten Kloster tut. Die Kapelle ist seit einiger Zeit Schwerpunkt der Arbeiten. Die junge Restauratorin, die ihm empfohlen worden war und erst Anfang des Jahres ihre Tätigkeit aufgenommen hat, gibt dem kulturellen Kleinod eine erstaunliche Frische zurück und hat es damit vor dem sicheren Verfall gerettet. Sie und ihr kleines Team sind mit den letzten Arbeiten beschäftigt und demnächst wird das Gotteshaus neu geweiht. Mit herzlichen Worten lädt mich Hochwürden dazu ein. Ich sage spontan zu. Was Demme sichtlich freut, denn die roten Bäckchen scheinen noch eine Spur intensiver zu leuchten; aber auch überrascht, wie er offen eingesteht. Er sagt, ich dürfe jederzeit kommen, hätte jedes Recht dazu, mir das Kloster auch ohne Ablenkung durch andere Gäste anzusehen. Dann stellt er mir seine nächsten Pläne mit dem Kloster vor.

Wir sitzen lange zusammen. Bedrängt uns beide heute nicht die Zeit? Erst die leere Weinflasche verlangt schließlich nach einer Entscheidung. Soll ich eine weitere holen?

Eine Versuchung, der Demme nur zu gerne nachgeben würde. Er lächelt. Doch er müsse aufbrechen, leider. Er danke für die schönen, nach einem Blick auf seine Uhr, ja tatsächlich, fast zwei Stunden.

Wir spazieren auf das Haus zu. Zwischen den blühenden Rosen verweilt er noch einmal einige Momente, nimmt Duft und Farben in sich auf. Vor dem Haus dann, wir reichen uns die Hände, hat er noch immer nicht von einer weiteren Spende gesprochen. So ein Filou. Er weiß genau, wie man so was macht. Meint, mich wohl richtig einschätzen zu können. Gut, ich werde ihm die Freude machen. Es wird ein Betrag sein, der ihm die Luft nehmen wird, denke ich mir, während ich dem Auto nachsehe, das langsam die Auffahrt hinunterrollt. Bevor es um die Ecke biegt und außer Sicht kommt, hebe ich kurz meine Hand.

6

Ich sitze am Schreibtisch. Das Schreiben geht mir bei Puccinis Musik leicht von der Hand. Erst das Läuten des Postboten trennt mich von Feder und Papier. Der Mann steht vor der Tür und hält mir meine Briefe entgegen. Einen dicken Umschlag, der meine ehemalige Firma als Absender ausweist, muss ich auf einem Scanner quittieren. Mein Besucher ist schon wieder auf dem Weg zur Straße hinunter, da stehe ich noch in der offenen Tür und sehe meine Post durch. Sonst ist nichts Besonderes dabei. Ich kehre an den Schreibtisch zurück, schneide mit dem Federmesser den Umschlag auf. Es sind tatsächlich die Unterlagen, auf die ich seit beinahe zwei Wochen warte.

Mit dem Schreiben ist es erst einmal vorbei. Ich setze mich und studiere die Blätter. Als ich fertig bin, zufrieden mit dem, was ich gelesen habe, geht es auf Mittag zu. Ich lehne mich zurück, sehe in den Garten, schüttle die zentralen Punkte der Papiere gedanklich richtig durch, bis als Bodensatz zwei Fragen liegen bleiben, die ich versuche am Telefon zu klären. Was dann auf die Schnelle doch nicht ganz zur Zufriedenheit hinhaut.

Ich gehe hinauf ins Schlafzimmer, streife ein anderes Hemd über und verlasse das Haus.

Es ist feuchtwarm, wie schon die letzten Tage, der Himmel bedeckt. Ich nehme einen Zickzackkurs durch die Nachbarschaft. Meist sind es ehemalige Bauernhöfe, die bis auf einen längst anderweitig genutzt werden. Dieser ruhige Weiler, zwischen dem Dorf Kimmling und dem See gelegen, machte es mir leicht, als ich nach einem ruhigen Fleckchen Erde suchte, mich für ihn zu entscheiden.

Mein Ziel ist das niedrige alte Bauernhaus, in dem Martha und Korbinian Weilnböck wohnen. Martha arbeitet mit hochgekrempelten Ärmeln in der Küche. Ihr rundes Gesicht glänzt verschwitzt.

Korbinian ist in der Werkstatt, sagt Martha.

Ich verlasse das Haus durch die Hintertür, gehe über den Hof. Dumpfe Axtschläge zeigen mir an, Korbinian geht seiner Profession nach. Ich bleibe in dem hohen, offenen Tor der vormaligen Scheune stehen.

Korbinian ist Holzbildhauer. Hat aus seinem Hobby den Beruf gemacht. In meinem Haus stehen zwei seiner Skulpturen. Als ich, ich war erst wenige Wochen hier, in der Werkstatt seine Arbeiten in Augenschein nahm, sie mit Worten bewunderte, er mich auf meine Frage nach einem Galeristen verständnislos ansah, brachte ich ihn mit einem Münchner Kunsthändler zusammen. Seitdem musste er nicht mehr mit seinen Arbeiten hausieren gehen, sich um jeden einzelnen Kunden bemühen, konnte das seinem Galeristen überlassen. Auf dem Kunstmarkt gilt er inzwischen als Geheimtipp, ist dabei, sich mehr als einen guten Namen zu erarbeiten. Dass ich ihm den Weg leichter machen konnte, freut mich für uns beide.

Mit der Axt schlägt Korbinian, zumindest für einen staunenden Laien, scheinbar völlig planlos auf ein Stück Holz ein. Legt er die Axt dann weg, hat er aus dem rohen Klotz die grobe Form eines Kunstwerks herausgehauen, für das demnächst ein guter Preis gezahlt werden wird. Obwohl in seine Arbeit vertieft, schaut sich Korbinian plötzlich um. Sieht mich im Licht der Tür stehen und lässt die Axt sinken.

Servus, Herr Doktor, grüßt er mich mit seiner dunklen Stimme.

Es ist mir bisher nicht gelungen, ihm den Doktor auszureden. Er sei eben, sagt er, stolz, den Herrn Doktor zum Freund zu haben. Also gut.

Korbinian lehnt sich mit dem Hintern gegen den Arbeitstisch, die Axt locker in der Hand, ich stütze mich bequem mit einem Arm auf ein flaches Regal. Wir unterhalten uns. Springen von Thema zu Thema, sprechen einfach an, was uns so in den Kopf kommt. Auf einmal legt Korbinian die Stirn in Falten. Da ist ihm gerade etwas eingefallen, das mich stutzig, jedoch keinesfalls unruhig macht.

Im nahen Wald hat er einen Polizisten gesehen.

Einen Polizisten?

In Uniform. Nicht aus der Gegend. Ein unbekanntes Gesicht.

Wo im Wald, Korbinian?

Auf dem Weg zum Turm. Was macht der blöde Kerl im Wald, Herr Doktor?

Woher soll ich das wissen?

Ich hebe die Schultern. Klar kann ich mir den Grund denken. Der Grund hat einen Namen: Hans-Dieter Arzberger. Demnach suchen sie immer noch nach ihm. Aber ein einzelner Polizist? Eigentlich nicht logisch.

Wir verlassen die Scheune und gehen zu Martha in die Küche. Nach dem Essen und dem obligatorischen Obstler zur Verdauung verabschiede ich mich. Martha wird am Nachmittag kommen, um die Wäsche zu machen.

In der Bibliothek lege ich mich auf die Couch zur Siesta. Mit dem Gedanken an das Fernrohr in der Dachkammer wache ich auf. Wo kommt auf einmal dieser Gedanke her? Seit Wochen habe ich das Kabuff nicht mehr betreten. Die Folge davon sehe ich sofort, als ich die Tür öffne. Vor mir ein Reich der Spinnen. Sogar das Fernrohr samt Stativ ist von ihnen erobert. Ich lasse ihnen ihren Frieden. Beuge mich vor und äuge durch das Okular, das noch klar ist, erstaunlich. Der Innenhof des Kastler-Anwesens liegt direkt vor mir.

Manche Stunde hat er in dem niedrigen Raum verbracht, um aus unmittelbarer Nähe zu verfolgen, was Hans-Dieter so trieb. Zu dieser Zeit hatte er bereits beschlossen, dem Buben das Handwerk zu legen. Das Ziel stand fest, nur der Weg war noch nicht ausgeknobelt. Damit hatten seine grauen Zellen zu tun. Nichts drängte. Für so ein Vorhaben musste man sich Zeit nehmen.

Der Hof liegt verlassen da. Seit der letzte Besitzer verschwand, wie vom Erdboden verschluckt, kommt niemand mehr auf den Kastlerhof.

Erst als mein Rücken beginnt sich zu melden, richte ich mich auf, verlasse den Raum. Eine Treppe tiefer tritt gerade Martha aus dem Wäsche- und Bügelraum. Ihr Blick streift fragend an mir vorbei nach oben.

Sollte sie dort mal wieder mit Wasser und Lappen tätig werden?

Nein, Martha, sage ich, wirklich nicht nötig.

Wir lächeln uns an.

Sie wendet sich einem der Gästezimmer zu. Ich gehe nach unten. In den großen Wohnraum, den Salon. Ich nenne ihn aus einer fast melancholischen Erinnerung heraus so, weil Susanne unser Wohnzimmer einst als Salon bezeichnete.

Ich möchte in meinem Kopf einiges ordnen. Dabei ist mir immer wieder meine Sammlung afrikanischer Kunst ein willkommenes Hilfsmittel. Das eine oder andere meiner Exponate vor Augen, eine Maske oder eine Holzskulptur, kann ich meine Gedanken frei laufen lassen.

Ich interessierte mich schon seit meiner Studentenzeit für die Kunst des Schwarzen Kontinents. Aber erst mein Freund Dora Achebe brachte mich mit der faszinierenden Stammeskunst real in Berührung. Es war in Lagos gewesen, damals in den Siebzigerjahren (Ist das tatsächlich schon so lange her?). Bedingt durch den Ölboom in Nigeria wurde uns unsere *Geo-Soft* geradezu aus den Händen gerissen, eine Software, die wir zusammen mit Geologen entwickelt hatten. Sie berechnete die Fundwahrscheinlichkeit von Öl oder auch Metallen, allen Bodenschätzen, was den Prospektoren Zeit, technischen Aufwand und darum viel Geld ersparte. Das beförderte uns zum mächtigen Monopolisten, zumindest für einige Zeit. Und ganz nebenbei wurden wir reich. Wir waren gleichzeitig Gefangene des Erfolgs und Genießer unseres finanziellen Freiraums. Um nahe dran zu sein, eröffneten wir in Lagos ein Büro, das von Dora geleitet wurde. Er hatte in Deutschland studiert und war der erste schwarze leitende Angestellte von »Pythagoras«. Als Schüler hatte er als Kontaktmann (Klartext: Schlepper) für Touristenkunst (Klartext: Fälschungen) sein Geld verdient. Dass seine Verbindungen noch intakt waren, zeigte sich, als er mich eines Nachmittags fragte, ob ich mit in ein Dorf draußen auf dem flachen Land kommen wolle. Er habe einen Tipp bekommen und hatte vor, sich anzusehen, was ihm ins Ohr geflüstert worden war. Worum es da ginge? Originale Stammeskunst. Plastiken für religiöse Rituale. Wenn echt, dann sei es ein Ausflug mit der Garantie eines sehr guten Geschäfts. Wenn nicht, Schulterzucken, eine Tour durch die afrikanische Nacht. Diese Nächte sind keineswegs hell. Ich sah das Dorf erst, als wir schon mitten drin waren. Keine Beleuchtung, nur irgendwo ein offenes Feuer und hier und da ein diffuses Licht aus einer der offenbar runden Hütten. Unser Wagen, dessen Scheinwerfer zwei leicht gelbliche Schneisen in die dunkelblaue afrikanische Nacht schnitten, wurde sicherlich von vielen Augen verfolgt. Dora schien zu wissen, wo sich unser Ziel befand. Vor einem flachen Haus, eher einem Schuppen mit schwach silbrig glänzendem Dach, hielt er den Geländewagen an. Wir standen gleich darauf im staubähnlichen Sand. Ich folgte Dora, der zu dem Haus schritt, den Perlenvorhang an der Tür zur Seite schob und einen Raum betrat, der von einer Petroleumfunzel nur mühsam erhellt wurde. An einem Tisch saßen zwei Männer, die beide rauchten. Ich blieb neben der Tür stehen. Dora trat an den Tisch und ein Palaver nahm seinen Anfang. Mir kam es so vor, als redeten alle drei gleichzeitig. Einer der Männer stand irgendwann auf und verschwand im Dunkeln. Dora stand still neben dem Tisch. Der sitzende Mann rauchte schweigend. Ich war der Beobachter im Hintergrund. Verging eine Minute, vergingen zwei oder drei, bis der Mann zurückkehrte? Gefühlt jedenfalls eine kleine Ewigkeit. Er stellte zwei Plastiken aus sehr dunklem Holz auf den Tisch. Erneut entspann sich eine längere Diskussion. Dora nahm beide Figuren prüfend in die Hand, hielt sie näher an das unruhige Licht der Lampe. Es dauerte noch Zeit und viele Worte, bis Dora ein Bündel Geldscheine aus der Tasche zog und auf den Tisch legte, nach den Plastiken griff, wir den Schuppen verließen und gleich darauf in die Nacht fuhren.

Die eine Plastik, die kleinere, mein erstes und schönstes Stück, steht jetzt vor mir und ich betrachte sie noch immer jedes Mal voller Bewunderung. Sehr schlank, schwerelose Rundungen, nahezu schwarzes Holz. Nicht einfach nur schön, einfach nur vollkommen.

7

Ich tausche Jeans und T-Shirt gegen braunen Cord und weißes Hemd, was beinahe schon meine Uniform seit dem Rückzug vom tagtäglichen Kampfplatz um Macht und Geld ist. Nur noch zu besonderen Anlässen kleide ich mich in feine Nadelstreifen.

Am Schreibtisch, im Stehen, führe ich noch zwei Telefongespräche. Dann rufe ich nach Martha, die gleich darauf oben auf der Galerie erscheint. Ich sage ihr, dass ich erst am nächsten Vormittag zurück sein werde.

Wenige Minuten später bin ich unterwegs nach München. Ich habe einen Termin mit Georg Landes, Staatssekretär. Das Treffen steht unmittelbar in Verbindung mit der Akte, die mir meine ehemalige Firma geschickt hat. Ich weiß, ich habe mich in meine Eremitage zurückgezogen. Aber kann man sich von seinem Lebenswerk völlig freimachen? Und habe ich nicht einen Beratervertrag? Ergo: Ich muss dafür auch hin und wieder mal die Hände rühren. In diesem Falle mehr den Kopf und die Zunge. Ich werde versuchen, mit meinen Verbindungen, meinem weitgespannten Netzwerk, zur Lösung eines Problems ganz nach der Vorstellung von »Pythagoras« beizutragen.

Paulas Lächeln überlagert die Gedanken an den Politiker Landes und nur zu gerne überlasse ich ihrem schönen Gesicht den Vortritt. Seit gestern fliegen mir wieder diese Visionen zu, in denen Paula die eine Hauptrolle innehat. Es sind Tagträume der besonderen, der bezaubernden Art. Barfuß bis zum Hals schwebt sie lockend in meinen Gedanken, macht mich unruhig. Am Morgen habe ich Paula angerufen und sie hat gesagt, sie freue sich. Die reizenden Bilder vor meinem inneren Auge sind leicht als Vorfreude zu interpretieren. Sicher ist, das Treffen mit Landes wird kürzer sein, als er sich vielleicht denkt. Er wird seinen angebrochenen Abend umgestalten müssen.

Der Verkehr ist nicht so dicht, wie ich befürchtete. So komme ich früher als geplant vor dem »Bayerischen Hof« an, übergebe den Wagenschlüssel dem Portier. An der Rezeption spreche ich mit dem Empfangschef, sage ihm, ich würde Herrn Landes im Restaurant erwarten.

Ich setze mich an einen Tisch am Fenster. Der Ober, wir kennen uns seit Jahren, bringt mir auf ein stummes Zeichen hin ein Pils.

Landes wird pünktlich sein, bin ich mir sicher. Er ist vorsichtig, weil er mich nicht in eine Schublade zu stecken vermag, er zu wenig über mich weiß. Ich bin für ihn eine latente Bedrohung. MdL Landes gehört zu den konservativen Politikern, die fest davon überzeugt sind, die Richtung vorzugeben, die richtige selbstverständlich, die meinen, zum Besten des Volkes zu handeln, es im Griff zu haben, und gerade darum unfähig sind zu bemerken, dass das Volk längst nicht mehr mitspielt.

Meine Rolle ist jetzt die eines Lobbyisten. Ich bin gut darin, habe die flexible Fantasie, verschiedene Rollen glaubhaft darzustellen. Von klein auf habe ich mich darin geübt, der zu scheinen, den andere von mir erwarten. Solche Spiele mit der Fantasie waren meine Goldbrocken im Monopoly, um die Konkurrenz oft mehrere Schritte weit abzuhängen. Meist weiß ich schon im Voraus, was mein Gegenüber im Schilde führt. Diese Schauspielerei hat meine Sinne trainiert. Mein Gehör ist sogar auf Getuschel in meinem Rücken sensibilisiert. Schauspieler, Gaukler, auch Schwindler waren Attribute, mit denen man mich im Laufe der Jahre bedacht hat. *Leo, der Lügner* oder *Leo, das Chamäleon*, wie mein Vater mich zu nennen pflegte, wenn ich ihm zu sehr gegen den Strich ging. Ich steckte solche Namen der jeweiligen Figur in die Tasche, die ich in diesem Moment war. Das war nämlich nicht Leo. Das war ein anderer. Den wahren Leo kennt nur einer. Ich.

Staatssekretär Landes steht plötzlich wie aus dem Boden gewachsen am Tisch. Ich habe ihn nicht kommen hören, wende mein Gesicht vom Fenster ab, sehe zu ihm hoch.

Sein Lächeln wirkt überzeugend, ein Profi. Sympathisch war mir der Mann nie. Nur eben nützlich.

Ich erhebe mich, drücke seine dargebotene Hand, die ebenso kühl wie meine ist. Zwei Kaltblüter. Ich bitte ihn, sich zu setzen.

Und schon erscheint der Ober. Landes lässt sich einen Whiskey mit Eis bringen. Er hat nicht nur ein Problem mit dem Alkohol, seit Jahren, sondern zudem auch mit der Finanzierung seines Lebensstils. Der Mann ist ein Meister im Täuschen und Verschleiern. Zwei Schauspieler vom gleichen Kaliber sitzen am Tisch. Nur der Erfolg unterscheidet sie.

Immer schön, Sie zu sehen, Doktor, sagt er.

Seine Blicke fliegen auf der Suche nach dem Ober durch den Raum, voller unverhüllter Vorfreude auf seinen Whiskey.

Nach dem ersten Schluck plaudert er munter aus dem Nähkästchen. Scheinbar aufmerksam höre ich ihm zu. Wirkliches Interesse an seinen zuweilen tatsächlich amüsanten Anekdoten, von denen ich manche schon kenne, habe ich nicht. Ohnehin ist der alleinige Sinn der Geschichten, den Augenblick hinauszuschieben, ab dem er wird zuhören müssen.

Seine Frist läuft ab, wenn er sein Glas geleert hat und sich nach dem Ober umsehen wird. Dann werde ich meine Hand heben. Und augenblicklich wird Landes bei der Sache sein, wird mir sein eingeübt fragendes Gesicht zeigen.

Ich spreche ihn mit Herrn Abgeordneter an. Das hört er gerne, da es so bescheiden klingt. Ruhig, mit klaren Sätzen, die er beim besten Willen nicht missverstehen kann, sage ich ihm, worum es geht. Dabei lächle ich ihn an. Das Lächeln, von dem er mal sagte, es könne einen rasend machen.

Solche Begegnungen wie unsere jetzt sind in diesen Kreisen an der Tagesordnung, können immer als privat deklariert werden, sind Teil des Spiels der Interessen. Mit dem Wahlvolk oder sogar mit Patriotismus hat das nichts zu tun. Ohnehin glauben an Patriotismus nur die, die von ihm profitieren. So meine Erfahrung aus vielen Jahren im Kontakt mit der Politik. Damit möchte ich nicht den Stab über alle Politiker brechen. Will es mal so ausdrücken: Findet sich einer, der seine Verpflichtung für das Land und seine Menschen ernst nimmt, verzeihe ich denen, die es nicht tun.

Herr Abgeordneter, lassen Sie mich Ihnen folgenden Vorschlag erläutern, sage ich lächelnd.

Natürlich versteht Landes, was ich ihm sage. Ich biege ihm mein Anliegen bequem zurecht, rolle ihm einen breiten Wortteppich aus, sodass meine Argumente in sein Denkmuster passen. Nicht nur die Worte, auch der Ton, die Färbung der Stimme sind Mittel beim Blindekuh spielen. Beide bewegen wir uns im Unterholz der Wahrheit, schlängeln uns elegant durch das undurchsichtige Gestrüpp von kaum nachprüfbaren Fakten. Zwei Profis in dieser besonderen Art von Gespräch. Solche Scharade kostet Zeit und setzt voraus, dass die Gesprächsteilnehmer das Thema solcher Wortgeklingel für Wert halten oder daran eine gewisse Freude haben.

Der Ober taucht erneut am Tisch auf. Seine Anwesenheit gibt mir die Gelegenheit, das Schattenboxen zu beenden, habe ich doch lange genug dem Reststolz des Staatssekretärs meine Referenz erwiesen.

Es war mir ein Vergnügen, Sie zu treffen, Herr Abgeordneter.

Sie wissen, ich bin immer für Sie da, Herr Doktor Petermann. Noch einmal versichert er mir mit zu vielen Worten, dass ich mich natürlich auf ihn verlassen kann.

Um mich für seine Mühe zu bedanken, habe ich für ihn beim Empfang einen Umschlag hinterlegt, teile ich ihm mit.

Mit verlogenem Grinsen sagt er doch tatsächlich, das sei wirklich nicht nötig.

Unsere Zeit ist ein kostbares Gut, das honoriert werden muss, entgegne ich lächelnd.

Landes erhebt sich. Ich folge seinem Beispiel. Wir reichen uns die Hände.

Der Herr Staatssekretär verlässt mit schweren Schritten das Restaurant. Nachdem sich die Tür hinter ihm geschlossen hat, setze ich mich und schaue zum Fenster hinaus. Drüben fährt gerade eine der blauen Straßenbahnen los.

Ich unterschreibe die Rechnung und fahre dann mit dem Lift nach oben in meine Suite, um von dort meine Nachfolgerin auf dem Chefsessel bei »Pythagoras« anzurufen. Ich sehe die hübsche, schlanke, blonde Frau vor mir, wie sie mit durchgedrücktem Rücken an ihrem Schreibtisch sitzt, nur den Laptop vor sich, die fein gezeichneten Lippen vor innerer Spannung zusammengepresst. Sie dankt mir für meine Mühe, ohne sich zu dem, was ich ihr sage, zu äußern. In ihrer Stimme meine ich jedoch Erleichterung mitschwingen zu hören. Die Dame hat allen Grund dazu.

Ich lege das Handy auf den Tisch, lehne mich zurück, strecke die Beine von mir und warte auf Paula.

Es ist eine harmlose Frage, ohne Kalkül, die Paula mir am nächsten Morgen stellt. Sie liegt in der Badewanne. Ich sehe im Spiegel, wie ihre Blicke mir beim Rasieren aufmerksam folgen.

Wer war deine erste Liebe, Leo?

In der Nacht hatte mich ein Wort von Paula auf einen Pfad geschickt, den ich meinte, längst hinter mir gelassen zu haben. Ich versuchte, ihr mit einer mehr als vagen Kurzgeschichte auszuweichen, was aber nur funktionierte, weil Paula erkannte, dass sie verbranntes Land betreten hatte. Klug wie sie ist, hakte sie nicht nach. Aber meine grauen Zellen ließen sich nicht einfach so vom Punkt wegzwingen. Sie dachten eigenständig zurück. Ich sah wie in einen Rückspiegel. Bilder meines Lebens. Bilder, die mir nicht gefallen. Ich spinne sie in einen Kokon der besonderen

Art, indem ich sie quasi auf den Kopf stelle, völlig umdeute, sie mir so zurechtknete, bis sie mir in den Kram passen, sie mir nicht mehr gefährlich werden können.

Isabel.

Meine Tanzstundenliebe.

Paula streckt ihr rechtes Bein aus dem Wasser und betrachtet ihre Fußnägel.

Wir frühstücken zusammen. Dass ich mit meinen Gedanken weit weg bin, scheint Paula nicht zu bemerken. Ist sie doch auch längst weg, ist mit dem Kopf bereits bei den interessanten Fragen ihrer Arbeit.

Wir küssen uns zum Abschied zart und sind dabei schon fern voneinander. Paula hält den Autoschlüssel in der Hand.

Ich stehe am Fenster und schaue hinüber zu den Türmen der Frauenkirche. Ich muss Isabel aus meinen Gedanken verbannen. Der beste Weg dazu? Ich werde sie besuchen, ihr gegenübertreten.

Ich fahre zum Westfriedhof.

Neben einem der breiten Wege sehe ich einen schönen runden Stein liegen. Ich bücke mich und hebe ihn auf. Zwei junge Frauen kommen mir entgegen. Sie müssen gerade um die hohe Hecke gebogen sein. Sie sehen exotisch aus. Arabien? Südamerika? Indianisches Blut? Die eine, weiße Bluse, weit geschnittene schwarze Hose, zieht eine zweirädrige mit Blumen beladene Karre hinter sich her. Die andere, langes schwarzes Kleid, breitkrempiger Hut, trägt eine bedruckte Baumwolltasche. Sie unterhalten sich, beachten mich nicht, als wir aneinander vorbeigehen.

Ich stehe vor dem Grab. Hier ruht meine Tanzstundenliebe. Ich spüre den Stein in meiner Hand, halte ihn mit den Fingern in Bewegung.

Wie lange war ich nicht mehr hier?

Nur eine rhetorische Frage. Die Antwort ist eigentlich nicht von Bedeutung. Ich denke zurück, denke an uns beide. An unsere Zeit. Die Zeit, die nicht nur durch Verklärung schön erscheint.

Wie lange dauert mein Besuch bei Isabel?

Auch das spielt keine Rolle.

Meine Zeit wird ebenfalls bald zu Ende gehen. Ich werde nicht in einem Grab liegen. Eine Urne wird meine Asche aufnehmen. Wer wird vor der Urnenwand stehen, um mit seinen Gedanken für Momente bei mir zu sein? Welche Vorstellung! Passend zu einem Friedhof. Paula? Bestimmt. Wer noch? Martha, Korbinian? Da bin ich mir sicher. Werner? Vielleicht, wenn er Zeit dafür findet.

Wo wird die Urne ihren Platz finden? Darüber muss ich nachdenken. Zeitnah. Diese Frage ist nämlich noch offen. Hat der kleine Kimmlinger Friedhof hinter der Kirche eine Urnenwand, ein Urnenfeld? Muss ich demnächst mal nachsehen. Der Westfriedhof hat eine Urnenwand. Dort wäre ich Isabel recht nahe.

Mir wird bewusst, von einer eigentümlichen Stimmung umarmt zu werden. Ich beuge mich vor. Lege den Stein auf das Grab. Murmle einige Sätze. Sätze, die nur uns beiden, Isabel und mir, gehören. Spreche zu der Frau, die meine erste Liebe war.

Während der Fahrt zurück nach Kimmling gewähre ich meinen Gedanken Freigang. Als sie jedoch in die Vergangenheit abzudriften drohen, greife ich ein. Ich kann dem, was hinter mir liegt, keine besondere Bedeutung mehr beimessen. Ich bin zufrieden, weil ich vergessen kann. Oder ist das Glück? Mit den Vokabeln Zufriedenheit und Glück gebe ich mich eigentlich nicht ab. Aber jetzt stehen sie tatsächlich grün auf weiß in meinem roten Buch. Ich bin ein Mann, der nichts so liebt wie seine Ruhe. Dieses Wort ist mir allerdings verdammt wichtig. Leo ist ein Mann, der sich mit seiner Kunstsammlung, dem Schreiben, mit Büchern und Rosen beschäftigt. Und immer wieder die Wärme einer jungen Frau sucht. Paula.

Warum ich durch Kimmling fahre? Nicht in die schmale Straße nach Kimmling-Hof einbiege? Dafür vermag ich mir später keinen Grund anzugeben. Gleich hinter dem Ortsausgang führt ein Sträßchen, eher ein befestigter Weg, zum nahen Wanderparkplatz. Als ich dort unter den Bäumen meinen Wagen abstelle, frage ich mich, immerhin leicht belustigt, was ich hier eigentlich will. Ich steige aus, sehe in die Runde. Der Blick hat keinen weiten Auslauf. Nur ein schmaler Ausschnitt der Hügellandschaft ist zwischen den Bäumen zu erahnen. Der See ist von hier aus gar nicht zu sehen, liegt auf der anderen Seite der Erhebung.

Vor Wochen hatte er ein konkretes Ziel, als er sich in diesem Wald herumtrieb. Immer wieder war der Turm sein Ziel. So wie jetzt. Diesmal allerdings folgt er allein einer Laune.

Es ist kühl unter den Bäumen. Ich höre keine Vögel. Das fällt mir nicht zum ersten Mal auf. Ich habe mit Korbinian darüber gesprochen. Auch er kann sich nicht erklären, weshalb hier im Wald an manchen Tagen die Vögel scheinbar ihre Stimmen verloren haben. Oder unterhalten sie sich nicht mehr, wenn Menschen in der Nähe sind? Irgendwie hat ein solch stiller Wald etwas Unwirkliches.

Nach nicht einmal zehn Minuten taucht der Turm zwischen den Bäumen auf. Nur ein paar Schritte weiter sehe ich eine dunkle Gestalt, mehr ein Schatten. Wohl ein Spaziergänger, vielleicht ein Wanderer, der zum See unterwegs ist oder von dort kommt. Ich werde es gleich erfahren, sollte sich die Person nicht in die entgegengesetzte Richtung entfernen. Nein, der Schatten verdichtet sich, als ich das Plateau erreiche. Die Frau, die ich bereits mehrfach im Ort gesehen habe, schreitet auf den Turm zu. Eine direkte Begegnung ist nun unumgänglich. Ich bin gespannt. Empfinde einen Anflug von Neugier, ob ich nach dem Zusammentreffen ein wenig klarer sehe, vielleicht sagen kann, wer diese Frau ist, was sie hier will.

Sie dreht sich zu mir um. Lächelnd gehe ich auf sie zu und grüße. Sie gibt den Gruß in neutralem Tonfall zurück. Auch ihre Miene lässt keine Schlüsse zu. Beide sehen wir zum Turm hin, stehen nebeneinander und schweigen. Irgendwo, etwas weiter weg, bellt ein Hund.

Sie bricht das Schweigen. Ob ich einen Spaziergang mache, fragt sie.

Dem kann ich, meinem Äußeren nach, natürlich nicht zustimmen. Ich komme gerade aus München, sage ich wahrheitsgemäß. Mir die Füße ein wenig zu vertreten sowie der spontane Wunsch nach kühler Waldluft haben mich zum Turm geführt.

Sie geht nicht auf meine Worte ein. Sagt: Es ist schön hier. Herrlich ruhig.

Waren Sie schon oben auf der Plattform, frage ich.

Sie schüttelt den Kopf.

Von dort können Sie einen schönen Blick über die Baumwipfel hinweg zum See genießen.

Sie wohnen hier in der Gegend, fragt sie scheinheilig.

Ich nicke vage in den Wald hinein. Gleich unterhalb des Hügels, sage ich.

Ein Kleinod, diese Gegend.

Da stimme ich ihr gerne zu. Glücklicherweise haben das noch nicht allzu viele Menschen bemerkt, sage ich.

Ihr Lächeln, das mich streift, ist kühl. Sie wird jetzt meinem Vorschlag folgen und auf den Turm klettern, sagt sie.

Ich wünsche ihr einen schönen Tag und eine ebensolche Aussicht.

Sie nickt, sagt Auf Wiedersehen und geht.

Meine Blicke folgen ihr bis in den Schatten der steinernen Turmbasis.

Ich schlendere zum Parkplatz zurück.

Eine interessante Begegnung. Eine harmlose Unterhaltung zweier Fremder, die sich zufällig über den Weg laufen? Ist das die objektive Sicht? Rückblickend bin ich mir da gar nicht mehr sicher. War es nicht eher ein gegenseitiges Belauern? Nicht, dass mich die Begegnung am Turm irgendwie beunruhigt, aber sie liefert mir reichlich Stoff zum Grübeln. Natürlich hat sie mich schon gesehen. So wie ich sie. Was sie vorgibt zu sein, ist sie nicht. Ganz gewiss sucht sie kein Haus. Gewiss, sie sucht. Sie sucht Hans-Dieter Arzberger. Da gebe ich mich keinen Illusionen hin.

Am Nachmittag kommt Korbinian. Bevor wir auf der Terrasse Schach spielen, unterhalten wir uns über den Unsinn draußen in der Welt. Korbinian trinkt Bier, ich Rotwein.

Erst später, während einer Spielpause und in einem Nebensatz, erwähne ich das Treffen im Wald.

Korbinian hebt die dichten Augenbrauen an, lehnt sich zurück. Auch ihm ist sie am Vormittag am Waldrand begegnet, hat ihn nach dem Kastlerhof gefragt und wer dort wohne. Der Hof wirke irgendwie verlassen. Er hat sie reden lassen, glotzte sie an wie ein Dummbartel ohne etwas zu sagen. Sie legte die Stirn in Falten, verzog kurz die Lippen und ist dann ohne Gruß davon.

Nachdem Korbinian gegangen ist, bin ich hinauf und habe eine Zeit lang den Spinnen Gesellschaft geleistet und durch das Fernrohr den Kastlerhof beobachtet. Was verspreche ich mir davon? Ich weiß doch, dass dort niemand ist. Will ich vielleicht die unbekannte Frau um die Gebäude schleichen sehen? Der Gedanke amüsiert mich.

8

Franz, der alte Schäfer, hat seine Tiere in den Garten getrieben. Ich höre das Blöken durch das offene Fenster.

Ich sitze in meinem Arbeitszimmer. Schreibe mit dem Füllfederhalter in das rote Buch, das seit Jahren in einer Schublade vergessen lag, den Umzug nach Kimmling mitmachte und mir nun als ein besonderes Tagebuch dient. Diszipliniert trage ich jeden Tag ein, was mir wichtig erscheint, wie ich meine Zeit verbringe, welche Gedanken mir zu welchen Themen durch den Kopf gehen. Diese regelmäßige Rückschau, die in Worte gefasste junge Vergangenheit, hat etwas von sauber machen, aufräumen, ordnen, eine Art Inventur, eine intime Beichte. Das Tagebuchschreiben ist wirklich weiterzuempfehlen. Zudem ist es ein Warmlaufen für mein eigentliches, mir inzwischen wichtiges Schreiben.

Während meiner Zeit in Kimmling habe ich einen Roman abgeschlossen. Es versteht sich, dass ich schon während der Arbeit überlegte, was ich mit dem fertigen Manuskript machen würde. In einen Ordner, in den Schrank und abgehakt? Nein, nein. Einen Agenten zu suchen, kam für mich gar nicht erst in Betracht. Auch hatte ich nicht vor, bei den großen Verlagen betteln zu gehen. Dann sprang mich irgendwann die Lösung an. Seit vielen Jahren arbeitete in Schwabing eine Druckerei mit kleinem, aber feinem Verlag für »Pythagoras«. Dort sprach ich vor und es war keine Überraschung, dass ich mit meiner Anfrage offene Türen einrannte. Als ich zudem anbot, die Kosten für das Projekt, das ich Privatdruck nannte, zu übernehmen, konnte man dort gar nicht anders als zuzustimmen. Der Lektor, der meine Arbeit betreute, war überrascht, auch über das Thema. Afrikanische Kunst. Das akzeptierte er. Die Mischung aus Thriller und Abenteuerroman gefiel ihm nicht so sehr.

Zu unser aller Erstaunen verkauft sich das Buch wirklich gut. Eine Druckmaschine läuft fast nur für meinen Roman. Dieser Erfolg ist natürlich Antrieb für das neue Manuskript, an dem ich arbeite. Thematisch, in Teilen auch inhaltlich, ist es die Fortsetzung meines ersten Romans. Dunkle Kanäle aus Afrika nach Paris, Amsterdam, Brüssel, München. Museen, die versuchen, im Spiel mitzumischen. Schmuggel, Fälschungen, Betrug, sogar Mord. Die ganze Palette.

9

Das Telefon, dieses Folterinstrument der modernen Zeit, stört meine Siesta. Der Anrufer muss sich in Geduld üben, bis ich mich melde.

Jörg. Ausrufungszeichen.

Verwundert höre ich seiner Stimme zu. Immer noch leicht schwindlig im Kopf vom Schlummer. Ich sehe nach draußen. Es regnet. Zwischen dem Fenster und den dunklen triefenden Bäumen zeichnet sich eine kräftige Schraffur in meinen Blick. Die Rosen haben ihre Farbe verloren, sich in feuchte traurige Tupfer verwandelt.

Jörg ist mein Sohn. Ich bin jedoch nicht sein leiblicher Vater. Er ist der Sohn meiner verstorbenen Frau, dem ich meinen Namen gegeben habe. Jörg und ich haben nie einen richtigen Draht zueinander gefunden. Was auch an mir lag. Unsere Sprachlosigkeit erinnert mich fatal an die Nichtbeziehung zwischen meinem Vater und mir. Allerdings war Jörg die schwache Klammer, die unsere Ehe zusammenhielt. Susanne und ich gingen schon einige Zeit getrennte Wege. Das Bett war uns längst keine Liebesinsel mehr. Noch bevor wir beide uns klar waren, wie es weitergehen sollte, starb Susanne plötzlich, die zweite Frau, die der Tod mir wegnahm. Meine Tanzstundenliebe bekam die Diagnose Leukämie und starb einen langen qualvollen Tod. Ich brauchte lange nach Isabels Fortgang, um damit klarzukommen. Es war nicht diese kalte Erkenntnis, dass sie einfach gegangen war. Es war nicht, was meine Großmutter mit dem Wort *Schmerz* sagen wollte. Schmerz war eines ihrer Lieblingsworte. Großmutter war eine liebe bigotte Frau, die fest daran glaubte, mit dem Himmel handeln zu können. So einfach war das nicht. Vielmehr war es die Erkenntnis, Isabel würde nie mehr kommen, sie war nicht nur mal kurz weg, ihr helles Lachen würde mit jedem Tag ein wenig leiser in meinen Ohren nachklingen. Ich war wütend, auf mich, sehr lange, weil ich ihr nicht hatte helfen können. Bisher hatte ich alles regeln können, irgendwie. Jetzt stand ich zum ersten Mal vor einem Schlagbaum, den ich nicht zu entfernen vermochte. Auch fiel es mir nicht eben leicht, niemanden merken zu lassen, wie angeschlagen ich war, wie mich das umgehauen hatte. Mit Mühe krallte ich mich an steilen Wänden aus dem tiefen schwarzen Loch wieder aufwärts. Erst acht Jahre später begegnete mir eine Frau, die mich aus meiner Lethargie holte, meine Lebensgeister aus langem Tiefschlaf weckte. Auf dem Flug von Florenz nach München saß ich neben ihr. Wir kamen leicht ins Gespräch, hoch über den Alpen, plauderten, warfen uns die Bälle zu, ein unterhaltsames Spiel, dazu völlig unverbindlich. Wir waren zwei Fremde, die ihre geringe Bereitschaft, etwas von sich preiszugeben, geschickt hinter Worten verbergen konnten. Ich erfuhr nur, sie hieß Susanne und war in der Modebranche. Am Gepäckband, wir hatten uns mit Blicken angelockt, tauschten wir die Visitenkarten und gingen kurz danach unserer Wege. Ich dachte schon gar nicht mehr an Susanne, als sie mich Wochen später anrief und zu einer Modenschau einlud. Was sollte ich auf einer Modenschau? Natürlich sagte ich zu und ging hin. Es wurde ein unterhaltsamer Abend in einer Atmosphäre, einer Gesellschaft, die mir völlig neu war. Bevor wir uns an diesem Abend trennten, verabredeten wir uns zum Essen. Sahen uns jetzt mindestens einmal in der Woche. Susanne war eine blendend aussehende, sehr intelligente Frau, die wusste, was sie wollte. Wir verstanden uns ausgezeichnet. Zudem war sie im Bett alles andere als ein Kind von Traurigkeit. Erst an einem Wochenende am Gardasee, ich hatte, sie konnte es nicht falsch verstanden haben, mich vorgetastet, wie sie einen Heiratsantrag aufnehmen würde, erzählte sie mir von ihrem Kind. Der Vater war ein Modedesigner aus Florenz. Ich will nicht verhehlen, dass ich damit zunächst ein Problem hatte, was sich allerdings schnell in Nichts auflöste, als ich dieses emotionale Irrlicht als das erkannte, was es war, nämlich Unsinn. Ich machte Susanne meinen Antrag und wir heirateten. Nächstes Jahr hätte unsere Ehe ein Vierteljahrhundert überlebt. Wenn Susanne nicht eines Morgens tot in ihrem Bett gelegen hätte, offenbar ganz ruhig eingeschlafen. Die Diagnose des Arztes lautete auf akutes Herzversagen. Hatte sie sich in den Armen ihres jungen Liebhabers zu sehr verausgabt? Oder hatte sie die falschen Tabletten genommen? Während der Pfarrer die letzten Gebete ins offene Grab sprach, zog ich still eine Bilanz unserer gemeinsamen Zeit. Zehn Jahre, ungefähr, waren gute Jahre. Ab da ging es schleichend bergab mit uns. Nur Jörg gab den Kitt, der uns noch zusammenhielt.

Was will Jörg?

Sonst meldet er sich nicht einmal an Weihnachten. Geld kann nicht der Grund seines Anrufes sein. Ich fülle ihm sein Konto regelmäßig.

Und dann ist es doch das liebe Geld. Jörg plant mit einem Kollegen die Gründung einer Firma. Ihm fehlt sein Anteil des Startkapitals.

Es ist nicht meine Art, so eine Entscheidung über das Knie zu brechen oder gar aus der Situation heraus spontan zu entscheiden. Sage ihm nicht zu. Auch nicht ab. Er wird mir genau darlegen müssen, worum es geht. Übermorgen werden wir uns hier am See treffen, im »Seehaus« an der Promenade, um beim Essen in Ruhe über seine Pläne zu sprechen.

Jörg hat Design studiert. Ein Weg, der von seiner Mutter, vielleicht auch von seinen Genen beeinflusst war. Meine Arbeit hat ihn immer nur am Rande interessiert.

Das Gespräch ist zu Ende. Ich halte das Telefon in der Hand, sehe nachdenklich, ohne Blick, in den Regen hinaus, höre schwach das gleichmäßige Rauschen.

10

Der Blick zum See und weiter hinüber auf die Hügel ist klar und schön.

Sonntagmorgen.

Entscheide mich spontan nach dem Frühstück, mit dem Fahrrad hinüber zum Schloss Blauberg zu fahren. In einer knappen Stunde bin ich dort.

Seit über zwanzig Jahren kenne ich Eugen von Blauberg. Inzwischen ist er ein Mann jenseits der achtzig. Ein kleiner, weißhaariger, noch sehr agiler und energischer Herr. Er war Chef der Privatbank von Blauberg, als sich unsere Wege kreuzten, zunächst geschäftlich, später, durch die Kunst, auch privat. Kurz nach seinem siebzigsten Geburtstag nahm er Abschied von seinem Sessel im vornehmen Palais nahe dem Hofgarten in München. Seine Kunstsammlung, Geschichtsstudien, die Musik sowie die Jagd sind seitdem die Säulen, auf denen seine verschmitzte Zufriedenheit ruht.

Von Hochwürden Demme weiß ich, dass auch Eugen von Blauberg zu seinen Opfern gehört, den *Freunden des Klosters*. Bei diesem Gedanken vermag ich ein leises Lächeln nicht zu unterdrücken. Ist es nicht spaßig, wie dieser rotbackige Dorfpfarrer zwei mit allen Wassern gewaschenen, altgedienten Wirtschaftsprofis mit leichter Hand das Geld aus der Tasche zieht?

Es ist angenehm frisch auf der Fahrt durch die bäuerlich geprägte Landschaft. Meine Tour hat etwas von einem morgendlichen Ausritt, den ich über Jahre an Wochenenden oder im Urlaub mit Susanne unternahm. Man wird dabei frei im Kopf. Der niedrige Horizont, der sehr hohe Himmel verweigert die Proportion des goldenen Schnitts, den Susanne für ihre Fotos als unabdingbar ansah. Wieder Susanne. Ich lächle die Gedanken zur Seite.

Denke an Eugen von Blauberg.

Seit ich in Kimmling lebe, wäre es mir ein Leichtes, dem alten Herrn zumindest einmal in der Woche einen Besuch abzustatten, wenn da nicht ... Sophie vom Haag wäre. Mit der Tochter des Hauses, die sich selbst als Modemacherin bezeichnet, verbindet mich eine natürliche gegenseitige Abneigung.

Als ihr Vater sie mir vorstellte, war sie vielleicht Mitte zwanzig. Ich wusste sofort, wen ich da vor mir hatte. Ihr Narzissmus war für mich unübersehbar. Sie erschien mir mit ihrer zwanghaften Effekthascherei wie eine begabte Schauspielerin, die den

Alltag als Bühne nutzt. Ihre dumme Arroganz, die sie wie eine bunte Fahne stolz vor sich hertrug, ging mir schon nach kurzer Bekanntschaft gegen den Strich. Ihr lässiges Nicken wirkte gelangweilt, wie im Vorübergehen, sollte mir sagen, dass ich für die junge Dame ohne jede Bedeutung war. Ihre Ablehnung konnte mich nicht stören, gehörte Sophie doch zu dem Frauentyp, auf den ich gar nicht ansprang. Später dann, als sie wusste, wer ich war, stellte sie mir regelrecht nach. Retourkutsche: Jetzt zeigte ich ihr die kalte Schulter. Was sie mir nie verziehen hat. Für uns beide ist auch heute noch kein Platz im gleichen Raum; er würde augenblicklich vereisen. Auch für ihren Vater überraschend heiratete sie Johann Emanuel Maximilian usw. vom Haag auf Mykonos. Eugen von Blauberg und ich spazierten damals durch den schönen Schlosspark, als er mir von der Heirat erzählte. Seine rechte Augenbraue hatte sich gehoben, die Stirn lag in Falten.

Sie wissen, Leo, dass Johann Emanuel von seinen Freunden … *seinen Freunden* … Emmi genannt wird?

Er war stehen geblieben. Ich sah ihn mit ernster Miene an, schüttelte stumm den Kopf, während es mich innerlich vor Lachen schüttelte.

Die Ehe von Sophie von Blauberg und Emmi vom Haag dauerte wenige Monate. Sophie behielt nur den Namen, der ihr als Markenname für ihr Modelabel geeigneter erschien als ihr eigener.

Ich komme zu einem Fußballplatz, auf dem gespielt wird. Zwei Damenmannschaften. Wer läuft denn da an der Linie auf und ab? Wedelt aufgeregt mit den Armen? Knappe Kommandos auf das Feld schreiend, die keine der Spielerinnen beachtet? Ich kenne den Mann. Ein kräftiger Kerl. Der Kimmlinger Metzgermeister. Offenbar ist er der Trainer der Elf mit den grünen Trikots. Ich sehe ihm ein paar Minuten bei seinem Rumgehüpfe zu. Das Spiel selbst interessiert mich nicht. Von Fußball verstehe ich so gut wie nichts. Sport, abgesehen vom

Schwimmen, war noch nie mein Ding. Sport ist Mord. Ein kluger Satz von Winston Churchill, wenn auch nur mit Abstrichen richtig.

Der vornehme Butler, schlicht Hausdiener genannt, bringt mich schweigend zum Arbeitszimmer des Barons. Diese Charakterisierung ist eine Untertreibung. Den Raum kann man ruhigen Gewissens einen Saal nennen, in dem der kleine alte Herr sich hinter einem großen Schreibtisch fast verliert. Rechts eine Wand voller Bücher, der Tür gegenüber hängt ein wunderbarer Wandteppich, links die Fenster zum Park hinaus, weiter hinten ist der Tennisplatz noch zu erkennen.

Eugen von Blauberg ist bester Laune. Meine beiläufige Frage nach der Tochter lächelt er weg und sagt, der bunte Vogel sei nach San Francisco ausgeflogen. Sein Gesicht, dessen Haut wie zerknittertes Papier aussieht, zeigt offen seinen im Augenblick fröhlichen Gemütszustand. Wir verbringen einen angenehmen Vormittag bei Gespräch und Musik in der Bibliothek, in die wir hinüberwechseln. Hier steht der Bösendorfer-Flügel des Barons. Während ich in einem tiefen Sessel sitze und eine Tasse heiße Schokolade trinke, spielt von Blauberg mit geschlossenen Augen Chopin. Dann machen wir einen Spaziergang durch den im englischen Stil angelegten Park. Als wir zurück sind, ist auf der Terrasse zum Lunch gedeckt. Nach dem Kaffee verabschiede ich mich und fahre zurück in meine vergleichsweise bescheidene Klause über dem See.

11

Warum zieht es mich die letzten Tage ständig in das Dachkabuff? Inzwischen habe ich sogar grob die Spinnweben und den Staub bekämpft, mit einem Tuch großzügig gewischt. Sehe durch das Fernrohr hinüber zum Kastlerhof. Obwohl es doch dort gar nichts mehr zu sehen gibt.

Ich denke an Josef Arzberger, den alten Sepp, der seinem Enkel den Hof vermachte, den er sich als Alterssitz gekauft hatte, als er sich aus dem Geschäftsleben zurückzog. Das Wohnhaus hatte er herrichten lassen. Die Nebengebäude in Schuss zu bringen verschob er auf später. Dazu ist es nicht mehr gekommen. Seine Zeit als Privatier war leider nur allzu kurz bemessen. Für uns reichte sie aber aus, um gute Nachbarn, vielleicht sogar Freunde zu werden. Wir besuchten uns gegenseitig, wann uns der Sinn danach stand. Sepp trank immer Bier, sein Bier. Kam er zu mir herüber, hatte er jedes Mal Flaschen in einem geflochtenen Korb dabei. Als junger Braumeister hatte er die kleine elterliche Brauerei in Niederbayern übernommen. Geschickt und geschäftstüchtig, vor allem aber mit unermüdlichem Fleiß, baute er im Laufe der Jahre ein kleines Imperium lokaler Brauereien mit Wirtshäusern und Biergärten auf. Die jahrzehntelangen Anstrengungen und das viele Bier forderten ihren Tribut. Schon als ich ihn das erste Mal traf, konnte ich nicht übersehen, dass Sepp gesundheitliche Probleme hatte, die er meinte, gar nicht beachten zu müssen. Sogar beim Heben des Bierkruges stand ihm der Schweiß auf der Stirn. Was seiner polternden guten Laune keinen Abbruch tat. Erst bei meinem dritten Besuch bei ihm (oder doch schon beim zweiten?) zeigte er mir die beiden Gemälde von Wilhelm Leibl. Originale, wie er stolz betonte. Sein Lächeln bestätigte mir die Pluspunkte, die er mir gutschrieb, als ich den Namen Leibl nicht nur kannte, sondern auch dessen Leben und Werk in groben Zügen. Wenn wir am Kachelofen saßen, war Leibl, seine beiden Arbeiten vor unseren Augen, immer mal wieder Thema. Besonders eines der Bilder hatte es mir angetan. Was ich Sepp auch sagte. Kannst du haben, Leo, wenn ich den Löffel abgebe. Ich habe mir sein Versprechen nicht schriftlich geben lassen. Natürlich nicht. Die Bilder blieben nach Sepps Tod also dort drüben hängen, wurden Teil des Erbes. Und das schmeckte mir gar nicht.

Sepp und ich saßen in seinem Wintergarten, auch den hatte er sich bauen lassen, er in einem Sessel, ich auf dem alten Sofa, sahen zu, wie die Sonne orangerot zwischen den grünen Hügeln wegtauchte.

Du bist Doktor, Leo?

Ich verzog leicht das Gesicht.

Arzt?

Hörte ich da einen Hauch Hoffnung in seiner Stimme?

Er solle sich durch den Titel mal nicht auf einen falschen Pfad locken lassen.

Was dann? Sepp sah mich neugierig an. Seine munteren Augen schienen zu fragen, wie man Doktor sein konnte, ohne Arzt zu sein?

Doktor der Mathematik.

Was fängt man denn damit an? Womit habe ich das Geld verdient, mit dem ich meinen Wein kaufe?

Ich war Chef einer Softwarefirma, Sepp.

Chef oder Inhaber oder beides?

Beides.

Ein spannendes Metier?

Kühle Logik. Rational. Faszinierend.

Ist da kein Platz mehr für Gefühle? Kann man einen Computer lieben oder ihm womöglich böse sein? Steckt ein Sinn hinter dem seelenlosen Innenleben solch einer Maschine? Erzeugt das ständig Neue nicht Zweifel?

Sepp, Sepp, was sind denn das für Fragen! Auch Programmierer folgen einer Philosophie, wie alle anderen Menschen in allen Berufen.

Bist du dir und deinesgleichen da ganz sicher?

Denke schon, Sepp.

Auch diese Diskussion, wie manche andere, drehte sich im Kreis, wurde mit Bier (Sepp) oder Wein (Leo) befeuchtet. Sepp liebte diese freundschaftlichen Streitgespräche. Diese im Rückblick gar nicht so zahlreichen Stunden sind mir in angenehmer Erinnerung.

Sepp hat sich leider nicht für den Friedhof von Kimmling entschieden. In seinem Testament bestimmte er den Kirchhof seines Heimatortes zu seiner letzten Ruhestätte.

12

Korbinian hat mich gefragt, ob ich mitkommen wolle.

Wohin sagt er mir nicht.

Nun sitze ich schräg hinter ihm auf seinem kleinen Traktor, der den mit Holz vollgeladenen Anhänger zieht. Mehrere Tage hat Korbinian in seinem Wald zugebracht. Mit Kettensäge und Axt. Um aufzuräumen, hat er gesagt.

Wir bringen das Holz zu zwei Reiterhöfen, die ein Stück weit vom See entfernt in einem Tal liegen, dessen Mittelpunkt das alte Kloster ist. Wir fahren über die nahen Hügel, abwärts und wieder aufwärts, bleiben dabei immer im Wald.

Den Kopf zur Seite wendend, ruft mir Korbinian zu, nächste Woche wird Robert aus den USA zurückkehren.

Ich lächle ihm zu.

Beide, Martha und Korbinian, sind ungemein stolz auf ihren einzigen Sohn, der Ingenieur ist. Ich erinnere mich, was mir Korbinian über ihn erzählte, als ich Robert noch nicht einmal von Fotos kannte: Zu dritt waren sie in Rom, in einem Hotel nahe dem Petersplatz, einem ehemaligen Palazzo. Abends im Speisesaal, am Tisch hinter ihnen, taten sich deutsche Touristen schwer im Gespräch mit der Bedienung. Robert konnte dolmetschen und elegant ein drohendes Missverständnis aus dem Weg räumen.

Auf einmal liegt der Wald hinter und der Anfang des weiten Tales vor uns. Wir sehen die beiden Höfe, der eine links, der andere mehr rechts, mit gutem Abstand voneinander.

Ich sehe zurück. Am Waldrand, noch im Schutz der Bäume, steht eine alte Scheune, mehr ein Bretterverhau, nach vorne offen. Vergammelte landwirtschaftliche Geräte, Strohballen, darüber dunkelgrün bemooste, ehemals wohl graue Planen gespannt, beschwert mit alten Traktorreifen, die inzwischen mehr grau als schwarz sind. Eine verlockende Höhle zum Versteckspiel. Nur gibt es weit und breit keine Kinder hier draußen.

Schon liegen die Pferdekoppeln und die Ställe des ersten Hofes zum Greifen nahe vor uns. An der Zufahrt hängt ein verrosteter Briefkasten an einem Holzbalken, der sehr schräg steht, kurz vor dem Umkippen. Ein idyllisches Bild. Gäbe ein gutes Fotomotiv ab.

Eine noch junge Frau kommt uns vom Haus aus entgegen. Spricht mit Korbinian im Dialekt dieser Gegend. Ich bekomme mit, worum es geht, verstehe aber bei Weitem nicht jedes Wort.

Die Frau geht in ihren grünen Gummistiefeln unserem Traktor voraus, öffnet das Scheunentor und Korbinian fährt auf die Tenne. Ich helfe beim Abladen. Obwohl ich bald so richtig schwitze, tut mir diese körperliche Arbeit spürbar gut. Als wir fertig sind, der Traktor mit Anhänger schon wieder auf dem Hof steht, trinken wir in der Küche einen Kaffee.

Weiter zum nächsten Hof. Der Ablauf hier gleicht fast wie eine Kopie unserem ersten Halt.

Dann die Rückfahrt. Martha erwartet uns mit frischem Streuselkuchen. Ich habe einen Bärenhunger. Und am Abend Magendrücken.

13

Auch Verdis Musik hilft da nicht wirklich. Ich bin ungewohnt unkonzentriert beim Schreiben. Was lenkt mich so beharrlich ab?

Es will im Moment nicht richtig laufen. So trenne ich mich erst einmal von der Tastatur, lasse mein Manuskript in Ruhe, lege eine Pause ein. Steige nach oben, betrete die Dachkammer, starre durch das Fernrohr.

Ich schließe kurz meine Augen, mache sie wieder auf. Die unbekannte Frau steht immer noch im Bild. Hat sie mich mit ihrer Anwesenheit vom Schreibtisch weggelockt? Ist sie die Ursache meiner Unruhe? Schon möglich.

Im Moment geht sie mit großen Schritten – als wolle sie eine Strecke abmessen – vor dem Wohnhaus einmal hin und einmal her. Dann lehnt sie am wettergegerbten Balken, auf dem einmal ein Taubenhaus gestanden haben soll. Aus welchen Gründen auch immer hat Hans-Dieter ihn nicht wegräumen lassen. Was denkt sie, was überlegt sie sich, was reimt sie sich zusammen? Zu gerne sähe ich ihr Gesicht. Ohne sich in meine Richtung zu wenden, entfernt sie sich Schritt für Schritt aus meinem Sichtbereich. Für eine Weile bleibt sie unsichtbar. Dann taucht sie hinter der rechten Hausecke wieder auf. Hat sie nach einer Möglichkeit gesucht, ins Haus zu kommen? Keine Chance. Das Haus ist dicht. Ich selbst habe es verschlossen. Jetzt geht sie hinüber zur Scheune, drückt das Tor auf, verschwindet im Dunkel. Es dauert einige Minuten, bis sie wieder herauskommt und, nach kurzem Zögern, das gegenüberliegende Wirtschaftsgebäude ansteuert. Auch dort sind alle Zugänge verschlossen. Sie schreitet die Front zwei Mal ab. Ich verstehe nicht, was sie macht. Wonach sucht sie? Solange sie sich in der zu mir hin offenen U-Form des Hofes bewegt, bleibe ich ihr mit den Blicken auf der Spur.

Würde jemand auf den Hof kommen, sie ansprechen, fragen, was sie auf dem leer stehenden Gehöft suche, was würde sie antworten? Sie sei auf der Suche nach einem Haus? Wäre vielleicht an diesem hier interessiert. Die Möglichkeit einer guten Erklärung. Nur nicht die Wahrheit. Da würde sogar ich eine Wette riskieren.

Plötzlich dreht sie sich auf dem Absatz um, als spüre sie erst jetzt meine Blicke. Sie schaut mich an. Ich kann die Farbe ihrer Augen erkennen. Merkt sie, vermutet sie, dass sie unter Beobachtung steht? Weiß sie, wer in dem Haus wohnt, auf das sie gerade ihre Aufmerksamkeit richtet?

Es vergehen mehrere Sekunden, bevor sie sich abwendet und von der Bühne spaziert.

Respekt. Die Dame ist hartnäckig.

Frage: Wer ist sie?

Muss den Korbinian fragen, ob er mitbekommen hat, dass sie den Kastlerhof inspizierte.

Wenige Minuten noch halte ich die Stellung am Fernrohr. Könnte ja immerhin sein, sie überlegt es sich noch einmal anders und kehrt zurück.

Dann gehe ich nach unten, versuche zu lesen. Was mir allerdings nicht gelingt. Ich gehe zu meiner Sammlung, sehe mir die Stücke in den Glasvitrinen an. Jedes dieser Exponate hat seine eigene Geschichte. Ich greife mir den Barhocker, setze mich vor eine der an haarfeinen Nylonfäden freihängenden Masken, eine mit einer ganz speziellen Vergangenheit. Und schnell ist die Fremde aus meinen Gedanken verdrängt.

Gerade sitze ich vor einer schönen Holzfigur, eines meiner neueren Objekte, die einen besonderen Platz in einem schmalen Glasschrank hat, als Martha kommt und mir das Essen bringt. Sie will zum Zug nach München. Korbinian ist draußen im Garten, um nach den Obstbäumen zu sehen, sagt sie. Martha deckt im Esszimmer den Tisch. Ich bin ihr gefolgt, lehne mit dem Rücken am Fensterbrett, sehe ihr zu und unterhalte mich mit ihr. Sie lächelt mich an, als sie fertig ist, wünscht mir einen guten Appetit, ist schon hinaus und gleich darauf fällt die Haustür ins Schloss.

Ich esse in Ruhe, lasse es mir schmecken: Tafelspitz mit Meerrettich und Kartoffeln. Dabei beschäftigen sich meine Gedanken locker mit meinem Manuskript, versuchen Worte zu Sätzen zu reihen. Für den Nachmittag habe ich geplant, mit dem kurzen Schlusskapitel zu beginnen.

Nach dem Essen gehe ich hinaus auf die Terrasse. Suche nach Korbinian und entdecke ihn weit hinten unter den Bäumen. Er hört mich kommen und dreht sich um.

Brauche ihn nicht mal nach der Frau zu fragen. Einen Ast in der Hand, den er betrachtet, als sei er ihm wichtig, kommt er gleich auf sie zu sprechen. Er hat sie gesehen. Auf direktem Weg ist sie vom Hof in den nahen Wald spaziert.

Wir spekulieren herum, wer sie sein könnte. Weshalb sie hier herumstreift? Unsere Mutmaßungen werden immer unwahrscheinlicher, ja so verrückt, dass wir beide lachen müssen.

14

Am Vormittag, Schuberts *Forellenquintett* schwebt im Raum, setze ich den letzten Punkt in meinem Manuskript. Ich lasse den Stapel Papier erst einmal auf dem Schreibtisch liegen.

Um zwölf Uhr treffe ich mich mit Jörg. Wir werden im »Seehaus« essen, dabei über sein Vorhaben sprechen.

Ohne Eile schlendere ich die schmale Straße zum See hinunter, folge der Promenade nach links, habe schon nach wenigen Schritten das weiße Restaurant über dem Strand für den Rest meines Weges vor Augen.

Jörg ist pünktlich. Immerhin. Es scheint ihm wichtig zu sein. Pünktlichkeit war nie Jörgs Ding. Termine nahm er gerne als vagen Zeitrahmen. Das wird er als Geschäftsmann ändern müssen. So ist das heute schon mal ein vielversprechender Anfang.

Auf der Terrasse über dem Wasser, unter einem großen Sonnenschirm, sitzt er mit einem Mann, von dem ich zunächst nur die langen blonden Haare sehe. Jörgs Partner?

Beide erheben sich sofort, als ich mit einem Gruß an den Tisch trete. Ich lächle sie an. Obwohl auch sie lächeln, bemerke ich doch die Anspannung in ihren Gesichtern.

Jörg stellt mir seinen Partner vor. Manfred Kampas ist ein kleiner, kräftiger Typ. Der Mann gefällt mir vom ersten Moment an nicht. Bauchgefühl. Darauf kann ich mich in der Regel verlassen. Eine eigenartige Ahnung von Düsternis springt mich regelrecht an. Sein Lächeln, so kommt es mir vor, ist das Lächeln eines Mannes mit zwei Gesichtern.

Sicher hat Jörg diesen Kampas über mich ins Bild gesetzt. Ungefähr so: Immer freundlich, immer höflich, immer knallhart, wenn es um das Geschäft geht, sich auf keinen Fall von seiner Verbindlichkeit täuschen lassen.

Wir setzen uns. Ich am Kopfende des Tisches mit Blick über den See, auf dem zahlreiche weiße Segel scheinbar schwerelos über das dunkelblaue Wasser schweben. Vor Jörg und Manfred liegen Speisekarten. Aufmerksam reicht mir der Ober, kaum habe ich Platz genommen, ebenfalls eine Karte. Ich schlage sie nicht auf. Meine Wahl ist bereits getroffen. Ich habe das Angebot auf einer Tafel neben dem Eingang gelesen.

Wir bestellen.

Ich sehe die jungen Männer an. Jörg und Manfred erzählen mir abwechselnd von ihren Plänen, in groben Zügen. Was ich höre, klingt erst einmal nicht schlecht. Manfred scheint klarere Vorstellungen von ihrem gemeinsamen Weg zu haben als Jörg, der schon immer mehr ein Traumtänzer war. Manfred, das wird mir schnell klar, ist nicht vom Fach, aber Kaufmann und wird wohl auf das Geld sehen, die Kasse verwalten. Geschickt, etwas zu routiniert vielleicht, will er mir einen guten Eindruck vermitteln. Wenn da nicht seine Augen wären. Vorsicht Jörg, deinem Partner bist du nicht gewachsen. Ich nehme mir vor, meine Fühler auszufahren, will wissen, wer dieser Manfred Kampas ist.

Beim Essen, das zunächst wortlos verläuft, frage ich, warum sie das »Seehaus« zum Ort dieser Begegnung auserkoren haben.

Manfred sendet einen schnellen Blick hinüber zu Jörg. Der ist es dann, der von der Hochzeitsfeier erzählt, die am frühen Nachmittag auf einem Schiff stattfinden wird. Alexander Lauzin und Vincent le Bon heiraten.

Ich schlucke nicht mal, lächle mein Erstaunen weg.

Lauzin? Die AL Boutiquen?

Jörg nickt. Ich bemerke seine leise Verlegenheit.

Wer ist Vincent le Bon?

Ein französischer Schauspieler.

Manfred hat zu diesem Thema bisher noch kein Wort beigesteuert. Ich sehe ihn an, völlig neutral. Er verzieht seine etwas wulstigen Lippen zu einem angedeuteten Lächeln.

Eine dekadente Hochzeit, sagt Manfred und seine Augen lächeln nicht mit. Die Gäste werden als Römer verkleidet sein und während des Essens liegen. Er hebt, als eine entschuldigende Geste, seine Schultern. Für das Geschäft muss man schon mal eine Kröte schlucken, sagt er.

Wie ja bereits kurz erwähnt, hakt sich Jörg ein, ist Lauzin die Säule, die sie, zumindest am Anfang, tragen soll.

Ich widme mich dem Dessert, trinke noch einen Schluck vom trockenen Weißwein.

Die Unruhe der Firmengründer in spe ist spürbar.

Sobald ich die Serviette auf dem Tisch ablege, ist der Moment da, ab dem sie mir den Inhalt der blauen Mappe, die neben Manfred liegt, präsentieren werden. Also gebe ich ihnen das Startzeichen, innerlich leicht amüsiert über ihre sichtliche Nervosität, bin dann positiv überrascht, was ich zu sehen und zu hören bekomme. Das Wort führt Manfred, stellt die kaufmännische Seite von »Miracle-Design«, wie sie ihr Modelabel taufen werden, im Einzelnen vor. Jörg beschreibt anschließend detailliert, wird ungewohnt lebhaft dabei, seine künstlerischen Vorstellungen.

Jörg kenne ich ja lange genug, vermag seine Möglichkeiten einzuschätzen. Manfred ist mir nicht geheuer. Ich habe die Finger zu einem offenen Dreieck zusammengelegt, sehe über den See, lasse eine längere Weile verstreichen, nachdem sie mit ihrer Darstellung fertig sind. An meinem Gesicht werden die beiden nichts ablesen können, als ich mich ihnen wieder zuwende. Ich beginne präzise Fragen zu stellen, um noch genauer abzuklopfen, ob sie ihrem Gebäude ein tragbares Fundament zugrunde gelegt haben.

Je nach Fragestellung antwortet mal der eine, mal der andere, ohne lange Überlegung und ausführlich.

Mein erster Eindruck ist, sie haben ihr Projekt umfassend und penibel durchdacht. Ich erbitte mir die blaue Mappe mit dem Versprechen, sie in einigen Tagen zurückzugeben.

Die Mappe in der Hand, sage ich Jörg das Grundkapital zu. In die erleichterten Gesichter der Firmengründer hinein biete ich ihnen eine stille Teilhaberschaft an. Sie würde ihnen für den Anfang Luft verschaffen, teurere Bankkredite vermeiden. Ich erwarte keine Antwort, sie sollen sich mein Angebot in aller Ruhe überlegen. Mit einem Lächeln, gleichwohl unmissverständlich, sage ich ihnen auch, dass weder Jörgs Grundkapital noch meine Teilhaberschaft ein Geschenk seien. Beides verbinde ich mit der Hoffnung auf Gewinn. Über meinen Finanzberater, der auch die Verträge aufsetzen wird, werde ich immer auf dem Laufenden sein.

Ich hebe mein Glas.

Jörg, Manfred, sage ich zu ihnen, das Beste ist, ihr habt Erfolg. Und davon wünsche ich euch reichlich.

Jörg lächelt mir offen entgegen. Manfred hat den Vorhang runtergelassen. Er lässt mich nicht erkennen, was er von meinem Angebot hält.

15

Mit dem Fahrrad bin ich am Morgen nach Kimmling, um meine Frühstückssemmeln zu holen. Vom Bäcker aus fahre ich noch ein Stück die Hauptstraße entlang. Vor dem kleinen Laden, den man hier auf dem Land Kramerladen nennt, halte ich an, setze den rechten Fuß auf das Pflaster. Was verleitet mich dazu? Ein großes Glas mit dunkelroten Himbeerbonbons. Der Blickfang im Schaufenster.

Ich bin wieder ein Schuljunge. Habe den Geschmack der Bonbons auf der Zunge, mit denen mich mein Großvater verwöhnte, meine sogar das leicht raue Gefühl am Gaumen nach langem Lutschen zu spüren.

Ich stelle das Rad ab und betrete den Laden. Als ich hinter mir die Tür ins Schloss gleiten lasse, wird das vom Spiel einer Glocke begleitet. Ich fühle mich mitten in eine nostalgische Filmszene versetzt. Ein Tante-Emma-Laden wie aus dem Bilderbuch. Hatte nicht mal eine Ahnung, dass es so was überhaupt noch gibt. Und schon gar nicht hier in Kimmling. Habe mich allerdings bisher auch kaum um den Ort gekümmert.

Die Himbeerbonbons bringen mir auch meinen Schulkameraden Kai Schilinski zurück. Kai war einer der handverlesenen Vertrauten meiner Internatszeit. Ich sehe die Bilder des Steinbruchs, in dem wir – es war natürlich streng verboten – nach Versteinerungen hämmerten. Auch wie man eine gute Spatzenschleuder herstellte, zeigte mir Kai. Über Jahre hinweg war er mir ein aufrichtiger Freund gewesen. Einer der ganz wenigen in dem kleinen Kosmos des Internats, der mir nicht das Etikett eines Aufschneiders anpappte, der meine Fantasiewelt verstand, sie immer spannend fand. Kai verdanke ich durch seine direkte, klare Art eine Einsicht, die ich bis heute nicht vergessen habe, die sich als nur zu richtig erwiesen hat. Kai sagte einmal: Jemand, der sich nur stur an die Wahrheit hält, ist ein Langweiler, für andere schnell unerträglich. Wie klug du gewesen bist, Kai Schilinski. Nach dem Abitur trennten sich unsere Wege. Wir haben uns nie mehr gesehen. Nur selten denke ich an ihn. Wenn, dann so unerwartet wie jetzt. Es sind die Himbeerbonbons, die ich mit ihm teilte, die wir mit Genuss lutschten, bis uns der Gaumen so wunderbar wehtat.

Hinter dem einfachen Verkaufstisch steht ein älterer grauhaariger Mann in weißem Kittel. Mit einem freundlichen Lächeln sieht er mir, der ich zwischen Tür und Theke stehe, beim Sinnieren zu. Ich lächle zurück und deute, halb zur Seite gewandt, hin zum bauchigen Glas im Schaufenster.

Erinnerungen, fragt er. Der Mann kennt sich aus.

Schmecken sie noch so wie früher, will ich wissen.

Herstellung wie ehemals, garantiert, antwortet er im Brustton der Überzeugung. Schließt einen kleinen Vortrag an.

Ich höre ihm gerne zu. Danke ihm.

Wie viele?

Eine Tüte, bitte.

Er tritt hinter seinem Tisch hervor, bläst eine spitze Papiertüte auf, öffnet das Glas, fährt mit einem Schäufelchen hinein, dreht sich um, hält mir das gefüllte Schäufelchen hin, nickt mir freundlich zu. Kosten Sie, sagt er. Ich stecke mir eine Himbeere in den Mund und beginne zu lutschen. Nicke. Und der Verkäufer, bei uns der Kramer genannt, füllt die Tüte. Als er sie schließt, danke ich ihm, nehme meinen Einkauf in Empfang, höre, wie günstig die mundgerechten Erinnerungen zu haben sind.

Schon liegt mir der Abschiedsgruß auf den Lippen, da überrascht er mich mit der Frage, ob ich Doktor Petermann sei? In der Nachbarschaft des Kastlerhofs wohne?

Ich frage ihn, ob wir uns schon begegnet sind, von woher ich ihm bekannt bin?

Nein, er hat mich noch nie gesehen. Korbinian, den er gut kenne, habe ihn mit einer ausgezeichneten Beschreibung versorgt, wie sich ja zeigt.

Warum suche er jetzt Gewissheit?

Weil eine Fremde, die er sogleich mit Worten und Pantomime zeichnet, sich nach mir erkundigt hat.

Ich weiß natürlich auch ohne seine Luftzeichnungen, von wem die Rede ist. Es ist also tatsächlich so: Sie fragt nach mir im Dorf herum. Was mir irgendwie verwunderlich scheint. Weiß Korbinian davon?

Sie machte keine Andeutung, was sie von mir wollte?

Hat sie nicht, nein. Dort vorne, er zeigt mit dem Finger durch das Fenster, hat sie Fußgänger angesprochen. Er vermute, sie hat auch die nach mir gefragt.

Habe er eine Idee? Neugierde vielleicht? Ein eher schwacher Grund, oder?

Der Kramer wiegt seinen Kopf hin und her. Dazu kann er gar nichts sagen. Hat nicht darüber nachgedacht. Nur hat ihn augenblicklich das Gefühl beschlichen, sie sei Polizistin.

Haargenau meine Mutmaßung, denke ich.

Kann es mit dem spurlosen Verschwinden dieses jungen Soundso zu tun haben?

Der Mann ist intelligent, hört das Gras wachsen, kann kombinieren und aus wenigen Anhaltspunkten richtige Schlüsse ziehen.

Der junge Mann, sage ich, wird eines Tages putzmunter auftauchen und von der schönen Zeit im sonnigen Süden erzählen. (Was Hans-Dieter nicht tun wird. Todsicher.)

Unweit des kleinen Ladens steht an einem kleinen Platz die alte Kirche mit dem grünen Zwiebelturm und dem Friedhof dahinter. Ich umrunde die Kirche, lehne mein Rad an die Friedhofsmauer und betrete durch das eiserne Türchen den Friedhof. Nutze die Gelegenheit, um nach Urnengräbern zu sehen.

Dabei denke ich zurück.

Der verhängnisvolle Anfang allen Übels war Sepps Testament. Was hatte er sich nur dabei gedacht, als er den Kastlerhof seinem Enkel Hans-Dieter vermachte? Sepp war gerade unter der Erde, schon erschien, im wahrsten Sinne des Wortes, der Erbe auf dem Anwesen. Niemand in Kimmling-Hof brauchte empfindliche Ohren, um mitzubekommen, dass ab sofort ein anderer Ton vorherrschte: Motorenlärm. Als auch zur Mittagszeit das infernalische Getöse nicht nachließ, bin ich rüber, um mich vorzustellen und um festzustellen, wer für diese Unruhe in unserem Biotop der Stille verantwortlich zeichnete.

Schon in dem Moment, als ich zum ersten Mal Hans-Dieter gegenüberstand, verspürte ich ein dunkles Unbehagen. Der junge Mann war nur mittelgroß, bullig, ohne Hals saß der runde

Kopf mit den kurzen rotblonden Haaren direkt zwischen den Schultern. Was mir noch weniger gefiel, waren seine grauen Augen, die ihr Gegenüber ohne zu blinzeln fixierten, mitleidlos wie ein Reptil. War er so sensibel zu bemerken, dass ihm ein Eisberg, ein freundlicher, gegenüberstand? Ich hatte nicht vor, meinem ersten Eindruck besondere Bedeutung beizumessen. Noch wollte ich ihm alle Chancen geben. Ein Missverständnis? Einen miesen Tag erwischt? Vielleicht. Sein Gruß klang unartikuliert wie das böse Knurren eines Hundes. Den Motorenkrach sprach ich nicht an, fragte ihn nach den Gemälden von Wilhelm Leibl, die ich ihm gerne abkaufen würde, hätte er kein Interesse an den Werken. Er hob seine Hand, mehr ein Wink, drehte sich um, ging mir voraus ins Haus, steuerte den großen Wohnraum an, blieb vor dem größeren der Bilder stehen. Ist das ein Leibl, fragte er, ohne mich anzusehen. Bewundernd lagen meine Blicke auf der Moorlandschaft, gemalt im Dachauer Moos. Ich nickte.

Plötzlich sah ich die Pistole in seiner Hand, die er entweder aus der Lederjacke oder seiner weiten Hose gezogen hatte. Sein Arm hob und streckte sich, zeigte auf das Bild. Er wird es doch nicht tun?! Er tat es. Er schoss und lachte. War der Kerl durchgeknallt? War er nur dumm? Oder gar beides? Wäre eine teuflische Mischung.

Er kenne Leibl nicht. Habe keine Spur einer Ahnung von Kunst. Das Bild, dieser Schinken, gehöre aber nun mal ihm. Sein vertrottelter Opa habe es ihm vermacht. Also dürfe er damit anstellen, was immer er wolle. Wie eben gerade gesehen. Und lachte dabei.

Eine Demonstration, um mir zu zeigen, wie weit er zu gehen bereit war, dass er keine Grenzen akzeptierte, auf keinen Fall zurückzog.

Da fing er plötzlich meinen Blick auf und war augenblicklich still. Ich ging. In der Haustür stehend, fing er wieder an zu lachen. So ähnlich musste es sich anhören, wenn eine Ziege lachte. Jeder trägt das Böse und das Gute in sich, ging es mir durch den

Kopf. Oft entscheidet schließlich ein Zufall, wohin das Pendel ausschlägt.

Am nächsten Tag fuhr ich nach München, kaufte ein gutes Fernrohr, das ich in der Kammer unter dem Dach auf das Stativ schraubte. Zum Equipment gehörte eine vollautomatische Kamera und ein Aufzeichnungsgerät, das vierundzwanzig Stunden speichern konnte.

Es verging kein Tag, an dem ich nicht immer wieder durch das Fernrohr hinüber zum Hof sah. Allein Sepps Enkel interessierte mich. Was trieb er so den lieben langen Tag? Um mir zu ersparen, die endlosen Aufzeichnungen ansehen zu müssen, setzte ich mich hin und schrieb ein bestehendes Suchprogramm so um, dass es meinen Vorstellungen entsprach.

16

Diese anwachsende Kakophonie aus Motorengebrüll war nicht nur den Weilnböcks und mir mehr als ein Dorn im Auge. Für alle Anwohner wurde es jeden Tag unerträglicher. Sogar die Hunde vereinigten sich zu einem bellenden Protestchor.

Es musste einfach etwas geschehen.

Und es geschah auch etwas.

Es ging Stufe für Stufe. Jeder der Nachbarn sprach bei Hans-Dieter vor und wurde rüde abgewiesen. An einem späten Nachmittag marschierte Hannes Stockmann auf den Hof. Ich war durch das Fernrohr rein zufällig Zeuge. Stockmann hatte eine Axt in der Hand. Seiner Körpersprache nach kochte er vor Wut. Und die zeigte er dem Herrn des Hofes ohne Zurückhaltung. Der lachte nicht. Was ihm Stockmann zubrüllte, ließ ihn schweigen. Ohne weitere Handlung ging das Treffen auseinander.

Am nächsten Mittag, ich habe es von Korbinian gehört, rückten sie Hans-Dieter zu fünft auf den Pelz, drohten ihm unmissverständlich mit einem handgreiflichen Aufstand. Bis zum Abend blieb alles relativ ruhig. Doch schon am nächsten Tag lebte der Krach fröhlich wieder auf.

Einige Tage später gingen dann zwei Autos auf dem Kastlerhof in Flammen auf.

Brandstiftung.

Wer es war, danach habe ich gar nicht gefragt. Wollte es gar nicht wissen.

Aber auch diese bislang heftigste Attacke änderte auf Dauer nichts am Verhalten von Hans-Dieter und seinen Kumpanen.

17

Ich bin gerade dabei mein Frühstück zu beenden, habe die letzte Tasse Kaffee vor mir auf dem Tisch, da trifft Werner ein.

Werner Brandscheid, mein Finanzberater.

Wir haben einen längst vereinbarten Termin vorverlegt. Grund: »Miracle-Design«. Auf dem Holztisch vor dem Fenster in der Bibliothek, mit Blick durch den Garten zum See, ordnet Werner die in einem silbernen Metallköfferchen mitgebrachten Unterlagen. Ich stelle eine Karaffe mit Wasser und ein Glas auf den Tisch. Werner trinkt während der Arbeit nur Wasser.

Wir beginnen mit den »Miracle-Design«-Verträgen. Werner bewertet mein Engagement als ein Risiko, hat es mir bereits am Telefon gesagt, allerdings für ein beeinflussbares. Auch ihm ist Kampas nicht geheuer. Seine ersten noch oberflächlichen Recherchen malen ein positives Bild, allerdings ein allzu glattes. Kampas' Image scheint Lücken zu übertünchen, die Werner gar nicht gefallen.

Nachdem wir dieses Thema dann vorerst abgehakt haben, arbeiten wir bis Mittag konzentriert an Werners Vorschlägen für Investitionen und Transaktionen. Als wir damit durch sind, unterhalten wir uns eine Weile locker über Gott und die Welt. Werner sitzt jetzt bequem in seinem Stuhl, dreht sein Glas lässig wie einen Drink in seiner Hand. Ein entspannter Ausklang einer Arbeitssession unter alten Freunden.

Brandscheid und ich kennen uns seit Jahrzehnten. Wir sind im gleichen Alter. Zu ihm habe ich – was es sonst bei mir nicht gibt – so etwas wie blindes Vertrauen. Werner beneidet mich keineswegs um meinen freiwilligen Ruhestand, meinen Rückzug aus der verrückten, spannenden Welt, wie er es sieht. Nur noch freie Tage, alle Zeit zur eigenen Verfügung. Für ihn ein unvorstellbarer Albtraum. Er braucht seinen Beruf, der ihm Berufung ist, wie die Luft zum Atmen. Sein Tun wird ihn bis zu seinem letzten Erdentag mit Freude erfüllen. Wir haben uns auf der Universität kennengelernt, als er schon mit Erfolg im kleinen Maßstab praktizierte, was ihm später seinen legendären Ruf in der Finanzwelt einbrachte: Er verwaltete für Kommilitonen Geld. Gewiss, Werner war damals schon ein Finanzjongleur, der jedoch seine Bälle immer im Spiel hielt, nie einen fallen ließ. Wir stießen tatsächlich ganz real in einem kleinen Café auf dem Campus aufeinander, lächelten beide lässig entschuldigend, setzten uns zusammen an einen Tisch. Eine Begegnung, die vom ersten Augenblick an passte. Wir waren beim zweiten Cappuccino, da wusste Werner, dass ich Mathematik und Informatik studierte. Er beugte sich vor, seine Augen blitzten, fragte mich, ob ich Programme schreiben könne. Sicher, kein Problem. Und schon erklärte er mir, worum es ihm ging, machte mich so auf eine Lücke im Softwaremarkt aufmerksam. Er suchte nach einem Programm, das ihm keiner liefern konnte. Ich forderte ihn auf, mir sein Problem etwas genauer zu beschreiben. Mit knappen Worten skizzierte er einen Programmablauf, den es meines Wissens tatsächlich nicht gab. Die Herrschaften im Finanzsektor wussten nicht einmal, was ihnen da abging. Doch der junge Brandscheid wusste es. Was ich ihm dann in wenigen Wochen schrieb, wurde später der erste Baustein zu »Pythagoras«. So war es naheliegend, Werner zu bitten, uns finanziell den Weg zu bereiten, als mein Partner Rainer Fall und ich unsere Softwarefirma ins Leben riefen. Diese Entscheidung mussten wir seitdem nicht eine Stunde infrage stellen. Einmal nur wurde es ernst und für eine Weile schlug sogar mir das Herz schneller. Diese Zeit liegt jetzt auch fast zwanzig Jahre in der Vergangenheit. Das war, als Rainer unser Höhenflug zu steil wurde. Überzeugt davon, den Zenit erreicht zu haben, bestenfalls allmählich den Weg abwärts einzuschlagen, wollte Rainer aussteigen. Seinen Anteil aus der Firma ziehen. Und noch schlimmer, sie an den Meistbietenden verkaufen. In unserem Partnerschaftsvertrag hatten wir, welch eine Unterlassungssünde, solch einen Fall nicht vorausgesehen. Klar, es war Werner, der die Lösung zimmerte, nach intensiven Gesprächen mit unserer Hausbank und viel Überzeugungsarbeit bei mir. Das Ergebnis war ein Husarenritt auf der Rasierklinge. Brandscheid und ich übernahmen, kreditfinanziert, Rainers Anteil. (Von hierher kommt die Verbindung zu von Blauberg.) Im Rekordtempo strukturierten wir das Unternehmen um, brachten es an die Börse und gewannen die Partie grandios. Ebenso grandios hatte Rainer sich geirrt. Wir hatten den Gipfel längst nicht überschritten, befanden uns immer noch im Anstieg. Ohne zu wanken balancierten wir auf dem schmalen Grat des Erfolges. Und tun das bis heute.

Als Susanne starb, war Werner ganz der nahe Freund, für mich das starke Geländer, an dem ich mich auf meinem weiteren Weg abstützen konnte. Jetzt wollte nämlich ich aussteigen. Nicht Knall auf Fall wie Rainer. Geplant. Werner zog die Strippen ganz in meinem Sinn. Ein französisches Softwarehaus, mit dem wir seit Jahren kooperierten, kein Konkurrent auf unseren Spezialgebieten, war nur zu gerne bereit einzusteigen. Nach unseren Vorstellungen. Sie kauften meine Anteile bis auf knapp zwanzig Prozent, mit denen ich noch mehr als einen Finger bei »Pythagoras« im Spiel behielt.

Mit dem Haufen Geld, unterstützt und beraten von Werner, begann ich im Börsenmonopoly mitzuspielen. Die reichlich fließenden Gewinne investierte ich in den noch jungen Biotechmarkt und in die Welt der *neuen* Energien. Das Kapital vermehrte sich schneller, als mir lieb war. Was hatte sich denn für mich geändert? Von Ausstieg konnte keine Rede sein. Ich rannte erneut im Hamsterrad. Genau das war nicht mein Plan gewesen. Ich musste runter vom Spielfeld, musste mir selbst die Rote Karte zeigen, bevor ich wieder zu stark im Netz des Erfolges gefangen war. Wollte nur noch meine Ruhe, meinen alten Traum vom Schreiben verwirklichen, mich meiner Kunstsammlung widmen, einen Rosengarten anlegen und pflegen.

Ich schenkte Werner reinen Wein ein. Aus alter Verbundenheit, auch angespornt durch hohe Boni, war er bereit, meine Finanzen zu verwalten. Ich wollte mich nicht mehr mit jeder Einzelheit befassen müssen. In diesen Wochen entdeckte ich das Haus in Kimmling, ließ es nach meinen Vorstellungen umbauen, verkaufte die Wohnung in München, übernahm von »Pythagoras« die Suite im »Bayerischen Hof«, die wir zur Unterbringung besonderer Geschäftspartner bereithielten. Nicht nur als Aktionär, auch als Berater für alle Fälle blieb ich der Firma weiterhin verbunden.

18

Ein Kommilitone, den ich aus einem Seminar kannte, hatte mich überredet mitzukommen zu einem Vortrag, den ein Jesuitenpater (nur wegen ihm ging ich mit) in einem Hörsaal der Uni halten sollte. *Die unverstandene Kunst Afrikas* war sein Thema. Ich hegte keine Erwartungen, wusste ich doch gar nichts über die Kunst Afrikas, war dann aber fasziniert von dem, was ich hörte und sah. Vom Schriftentisch nahm ich eine schmale Broschüre mit. Wenige Tage später kaufte ich mir das erste Buch über Stammeskunst, in französischer Sprache. In Deutsch gab es zu dieser Zeit nichts Vergleichbares. Mit den

Jahren stellte ich mir eine Spezialbibliothek zusammen, die kaum mal eine Frage offenlässt.

In jeder dieser Publikationen, ob dünn oder umfangreicher, fanden sich Abschnitte, die die Fantasie kitzelten, Ideen lieferten für die Romane, die ich eines Tages schreiben wollte. Ich las mir eine Menge Theorie an, aber das wirkliche Wissen kam erst später, kam mit Dora Achebe.

Heute sitze ich mit meinem Verleger zusammen. Wir sprechen über meinen zweiten Roman, in dem es wieder um afrikanische Kunst, vor allem um die düsteren Seiten geht. Sollen wir unsere erste Vereinbarung einfach um den zweiten Titel erweitern? Oder aber einen neuen Vertrag schließen? Mein Gegenüber plädiert für die zweite Möglichkeit. Ein richtiger Verlagsvertrag. Er lächelt, als er sagt, das Risiko könne er eingehen, so gut wie der erste Titel sich verkaufe. Ich leiste keinen richtigen Widerstand, mehr rhetorischen. Eher so zum Spaß für uns beide. Als ich dann doch nachgebe, zeigt sich, dass er den Vertrag tatsächlich schon fix und fertig zur Unterschrift in der Schublade hat. Bei einer weiteren Tasse Kaffee lese ich ihn in Ruhe durch und unterzeichne. Einen Moment halte ich den Stift in der Hand und sehe auf das Papier. Demnächst, denke ich, werde ich mit meinem dritten Buch, dessen Grundzüge ich längst im Kopf habe, anfangen.

19

Vormittag. Ich sitze am Frühstückstisch im Esszimmer, nachdenklich, habe im Kopf eine Gesprächsnotiz, die ich mir neulich nach einem Anruf des Sprechers des Unternehmerverbandes machte. Er bat mich, an einem Wochenendseminar in Maria Laach teilzunehmen. Diese Treffen sind legendär, zeitigen nicht nur zufällig Folgen in der Wirtschaft. Nur, was soll ich dort? Noch immer zögere ich mit meiner Zusage. Es soll eine Front gegen ein Vorhaben der Bundesregierung aufgebaut werden. Von mehreren Seiten war der Vorschlag laut geworden, mich einzuladen. Nur, ich verspüre keinen Drang danach. Nichts reizt mich dazu, in die Eifel zu fahren. Ihre Interessen sind nicht mehr die meinen. Allerdings mault die Eitelkeit, ganz leise.

Die Schiebetür zur Küche ist offen und ich sehe durch das Fenster nach draußen. Es braucht einige kurze Momente bevor das, was meine Augen sehen, bei mir Verwunderung auslöst. Die Unbekannte, die geheimnisvolle Frau, kommt die Auffahrt heraufspaziert. Ich habe vorhin tatsächlich vergessen, das Tor zu schließen.

Jetzt will sie es aber wissen, denke ich belustigt. Ob unsere Unterhaltung am Turm sie zu diesem Besuch animierte? Oder steckt mehr dahinter?

Ich bleibe sitzen, sehe sie näher kommen, sehe, wie sie ihren Kopf nach allen Seiten dreht. Ist es einfach nur Interesse oder ist ihr ein wenig unheimlich, sucht sie nach etwas? Mir gefällt, ihr quasi aus den Büschen zuzusehen. In unserer Situation hat das fast etwas Intimes.

Ich warte ab, bis ich den Türklopfer höre. Erhebe mich auch dann nicht sofort, um zur Tür zu gehen. Mit einem Wort: Lasse mir Zeit. Wird sie ungeduldig werden? Vielleicht sogar die Türklinke drücken? Nein. Nichts macht sie. Steht zwei Schritte entfernt, als ich mit meinem schönsten Lächeln im Gesicht in der Tür erscheine. Sie grüßt und ich grüße zurück. Stehe zwei Stufen höher. So muss sie zu mir aufsehen, was ihr offenbar gar nicht schmeckt. Da es keinen Grund außer Unhöflichkeit gibt, sie noch länger dort stehen zu lassen, bitte ich sie herein, trete zur Seite, weise den Weg zum Esszimmer, biete ihr Platz und Kaffee, alternativ Tee, an. Sie dankt, sagt Kaffee, bleibt stehen, sieht sich um. Ich folge ihrem Blick: Der tiefer liegende Salon, die Innenwände und der Kamin aus sandfarbenen Natursteinen, dunkle Masken an den Wänden, Speere und Figuren unter Glas, weiße Sitzlandschaft, helle Teppiche, ockerfarbene Steinplatten, raumhohe Türen zur Terrasse, breite Fenster zum Garten hin, der Zugang zum Wintergarten.

Sie wendet sich mir zu. Wir sehen uns an. Bleiben stumm. Erst jetzt setzt sie sich. Ich gieße den Kaffee ein. Sie dankt mit einem Nicken. Keine Milch, keinen Zucker. Sie hält die Tasse mit beiden Händen nahe an den Lippen, sieht mich an. Sie hat braune Augen.

Sie stört doch nicht?

Welch eine Frage, denke ich. Schalk? Oder meint sie es ernst?

Ehrlich verwundert hätte mich, wäre sie nicht gekommen, sage ich.

Mit dieser Antwort wird sie wohl kaum gerechnet haben.

Herr Doktor Leo Petermann, sagt sie.

Keine Frage. Sie weiß, wen sie besucht.

Mitbegründer und Chef von »Pythagoras«.

Keine Frage. Eine Klarstellung.

Ich hebe meine linke Augenbraue leicht an. Mehr nicht. Mein Lächeln bleibt.

Alles Schnee von gestern, gnädige Frau, ich habe mich zurückgezogen.

Tatsächlich?

Das ist nun eine Frage. Jedoch keine, auf die sie eine Antwort erwartet. Eine Andeutung von Lächeln liegt auf ihrem Gesicht. Sie ist hübsch. Nicht schön. Noch immer habe ich sie nicht gefragt, wer sie tatsächlich ist. Werde es auch nicht tun. Sie wird es mir schon sagen. Wird mir auch den Grund ihres Besuches erklären.

Sie schüttelt zwei Mal ihren Kopf, lässt die mittellangen blonden Haare fliegen. Genau das hat sie auch vorhin vor dem Haus gemacht. Ihre Augen suchen die meinen.

Moldenhauer, sagt sie. Kein Vorname. LKA. Ganz lapidar kommt das rüber.

Hat sie gehofft zu sehen, wie ich erschrecke? Oder zumindest eine nervöse Unruhe zeige? Kann ich ihr nicht bieten. Ich schenke ihr weiter das hintergründige Lächeln eines Buddhas.

Sie trinkt, hält die Tasse wieder mit beiden Händen, lässt meinen Blick nicht los. Ich mag solche Augenspiele. Eine Kraftprobe der besonderen Art. Ich sitze zurückgelehnt, die Arme gestreckt, halte meine Hände auf dem Tisch gefaltet.

Der Kastlerhof grenzt an Ihr Grundstück, Herr Doktor Petermann.

Keine Frage. Eine unwiderlegbare Feststellung. Sie erwartet von mir nicht einmal ein Nicken.

Ob ich Hans-Dieter Arzberger kenne, will sie wissen.

Jetzt verlässt sie endlich ihre Deckung.

Wir sind uns zwei Mal begegnet, antworte ich. Offiziell, stelle ich im Stillen richtig, vor Zeugen.

Und?

Ziehe die Augenbraue hoch. Weiß, dass es Menschen gibt, die sich von solchen Sperenzchen ablenken lassen und die Konzentration verlieren.

Welchen Eindruck machte der Mann da, fragt Frau Moldenhauer.

Den Eindruck eines unfreundlichen Zeitgenossen.

Es war also keine gute Nachbarschaft?

Das kann man so sagen, ja.

Wo ich ihn getroffen habe?

Ich lächle in ihre Augen. Ich habe, sage ich, der Polizei längst Rede und Antwort gestanden.

Bitte! Mit einem eigentümlichen Unterton.

Ich erzähle ihr von meinem Antrittsbesuch, von dem Attentat auf ein Originalgemälde von Wilhelm Leibl, dem zweiten Besuch, dem Versuch, den Nachbarn zu mehr Rücksicht aufzufordern. Dass mir Hans-Dieter unverhohlen Prügel androhte, mich davor warnte, noch einmal sein Grundstück zu betreten, darüber schweige ich, denn da war niemand in Hörnähe.

Rücksicht, hakt sie nach.

Der Weiler sei ein ruhiges, ja verschlafenes Fleckchen. Schon Holz zu hacken ist eine nur hier und da tolerierte Untat. Könne sie sich vorstellen, wie es die Nerven strapaziere, es nur schwer zu ertragen sei, wenn plötzlich einem Erdbeben gleich Zweiräder und Vierräder einen jaulenden Dauerchorus anstimmen? Das hat niemandem hier gefallen. Die Eskapaden auf dem Hof waren so gesehen keine Kleinigkeiten.

Wie hat Arzberger reagiert?

Hat sich jede Einmischung in seine Lebensweise verbeten. Ein Mensch ohne Humor eben.

Er lebte nicht alleine auf dem Hof, nicht wahr?

Meist ein gutes Dutzend oder auch mehr Gäste wuselten ständig herum. Ich habe sie nicht gezählt.

Es ging also hoch her? Richtig?

Das haben Sie schön umschrieben.

Gesindel ist eine Bezeichnung, die ich gehört habe. Würden Sie dem so zustimmen?

(Korbinian hat Hans-Dieters Kumpane so benannt.)

Ich würde mich nicht so ausdrücken, sage ich, aber prinzipiell zustimmen.

Arzberger ist verschwunden. Mit dieser Bemerkung kommt die Polizistin dann auf den Punkt.

So würde ich es nicht sagen, widerspreche ich ihr.

Sondern?

Setzen Sie für verschwunden das Wort verreist.

Verreist? Meinen Sie das im Ernst?

Ein junger Mann, der hier draußen, weit weg vom Schuss, einen Hof geerbt hat. Für einige Zeit findet er das ja ganz gut. Tobt sich mit seinen Kumpels aus, lässt es sich gut gehen. Wie auf einem Spielplatz. Allmählich wird es ihm langweilig. Es ist immer das Gleiche. Und dann sitzen ihm auch noch die Nachbarn im Pelz. Sehr lästig. Er packt seine Siebensachen zusammen und macht sich davon.

Ihre Augen zeigen keine Reaktion auf meine Analyse.

Wäre eine Möglichkeit, stimmt sie mir vage zu.

Ja?

Keine Reise, sagt sie.
Fragezeichen, sage ich.
Untergetaucht, bietet sie an.
Sucht das LKA darum nach ihm? Lädt das nicht zu Spekulationen ein? Hat er einen Grund, von dem ich nichts weiß, um von der Bildfläche zu verschwinden?
Es könnte auch noch was anderes infrage kommen.
Verraten Sie es mir?
Sie sieht mich lange an und doch kann ich in ihren Augen nichts lesen. Sie lässt mich nicht. Eine kluge Frau.
Ich biete ihr eine weitere Tasse Kaffee an.
Gerne ... Ein Kapitalverbrechen, schlägt sie vor.
Hält sich bedeckt. Vermeidet das richtige Wort.
Mord?
Schließen Sie das aus? Gab es nicht immer wieder Übergriffe auf dem Hof?
Ich hebe die Schultern, lasse sie wieder sinken.
Sie sagt, sie habe versucht zu rekonstruieren, was Arzberger auf dem Hof so machte. Vor allem am Abend. Dann wurde es dort doch leiser, oder?
Schon, aber nicht still.
Er ging joggen. Meist sogar erst in der Dunkelheit.
Davon habe ich als Nachbar nichts mitbekommen. Der junge Mann interessierte mich eigentlich nicht. Er lebte in einer völlig anderen Welt als ich. Was uns verband, war allein der Lärm, den er mit seinen Freunden veranstaltete.
Sie sieht nachdenklich in den Salon hinunter. Womit wird sie jetzt versuchen, mich aus der Fassung zu bringen? Sie wendet mir ihr Gesicht zu, ihre Augen fixieren jedoch einen Punkt hinter meinem linken Ohr.
Ein junger Mann aus Kimmling, der regelmäßig läuft, meint, an dem Abend des Tages, nach dem Arzberger nicht mehr gesehen wurde, am Turm eine dunkle Gestalt mehr geahnt als gesehen zu haben. Das sagt sie irgendwie tonlos. Oder soll es bei-

läufig klingen? Was hätte ich denn zu dieser Beobachtung zu sagen?

Einen Läufer?

Eben nicht. Er sagt, die Gestalt kauerte nicht weit weg vom Mauerbogen.

Stimmt, denke ich, denn um ein Haar, es fehlten nur wenige Meter, wäre ich dem Jogger in die Arme gelaufen.

Lassen Sie mich nachdenken (ein bisschen Show muss sein) … ich denke, dazu kann ich nichts beitragen, ich war an diesem gewissen Abend in München.

Sie blickt in ihren Kaffee. Gelangweilt?

Ich schenke Frau Moldenhauer eine Zugabe: Noch hatte niemand auch nur eine Ahnung, dass der neue Nachbar nicht mehr da war, als eine Person gesehen wurde, die reglos unter den Bäumen am Waldrand stand, neben sich zwei Hunde, und den Kastlerhof im Auge hatte.

Sie sieht mich an. Würde ich da einen unmittelbaren Zusammenhang erkennen?

Aha, denke ich, davon hat sie noch nicht gehört. Hat also doch nicht mit Korbinian gesprochen. Oder hat er ihr nichts gesagt?

Ich könne diese Szene nicht bewerten, sage ich. Sie wäre da ganz gewiss kompetenter.

Hätte ich die Person mit den Hunden gesehen? Dort am Waldrand, am frühen Morgen?

Höre ich da Spott durchsickern?

Ich war nicht alleine.

Wer war in Ihrer Begleitung?

Weilnböck, Korbinian Weilnböck. Ein Nachbar und Freund.

Danke für diesen Hinweis, sagt sie brav.

Kann ich da einen Hauch Freundlichkeit in ihren Augen entdecken?

Es ist Blut gefunden worden, wirft sie mir aus dem Nichts den nächsten Ball zu.

Blut? Ich sehe sie mit fragenden Augen an. Wo? Und wessen Blut?

Sie winkt locker ab. Fehlschuss. Aber sie hat noch einen Pfeil im Köcher. Ist aber geduldig. Lässt sich Zeit. Bis später, als wir uns erheben, ich sie durch das Haus nach vorne führe, wir zusammen vor dem Eingang stehen.

Hier fragt sie mich, ob ich alleine lebe.

Ja, lache ich, freiwillig.

Ein schönes Haus, lobt sie.

Ich deute eine leichte Verbeugung an.

Schuss: Wo ist Ihr ehemaliger Partner Fall, Herr Doktor Petermann?

Auf seinem Hof auf den Hebriden, nehme ich an.

Dort ist er nicht.

Dann wird er wohl auf Reisen sein oder auf der Jagd.

Wir lächeln uns an.

Dann geht sie. Ich sehe ihr nicht nach. Sie hat mir nicht die Hand gereicht. Weder beim Kommen. Noch beim Gehen.

20

Das Leben ist nicht gerade selten eine Wundertüte. Der Inhalt heute: Magdalena Liebe. Ich stehe ihr gegenüber und lasse mir von dieser Frau die Hand quetschen.

Die Begegnung verdanke ich von Blauberg.

Der alte Baron rief an, fragte, ob er bei mir Zwischenstation einlegen dürfe. Natürlich durfte er. Ließ sich von seinem Fahrer bringen. Der dunkelgrüne Jaguar stand unter den Kastanien vor den Garagen, während wir im Wintergarten wie in einem U-Boot saßen. Es regnete in Strömen. Schon der Morgen war grau gewesen, der See im Dunst nicht einmal zu ahnen.

Der Baron trank Wasser, stilles, wie immer. Die Gesundheit. Erzählt, kaum sitzen wir, munter von seinem langjährigen Brieffreund, einem Benediktinermönch, der in einem Kloster im Süden Frankreichs lebt. Neulich hatte er ihm seine neuen geschichtlichen Entdeckungen über sein Anwesen und über zwei Höfe in der Nähe berichtet. Prompt flatterte ihm ein Brief mit der Aufforderung auf den Schreibtisch, seine Studien noch mehr der kleinen Geschichte unserer Landschaft zuzuwenden, denn das Große und Weite sei alleine die Fortsetzung des Kleinen und Greifbaren. Der Gedanke gefiel ihm sofort. Auch weil er seine Erkenntnis, Geschichte laufe immer gleich ab, nämlich Aufstieg, Abstieg, wieder Aufstieg, und dass nichts auf Dauer Bestand habe, im eng begrenzten Blickfeld seiner Umgebung überprüfen könne.

Eugen von Blauberg war in seinem Element, redete druckreif, und ich hörte geduldig zu, bis er mit einem seiner Gedankensprünge Werner Brandscheid streifte (der alte Herr lässt Teile seines Portefeuilles von Werner verwalten) und damit in einen Seitenweg abbog. Er kennt Kampas. Was er mir mitteilte, Werner mir bereits durchtelefoniert hatte, war nicht eben vorteilhaft für Jörgs Partner.

Ein Blick auf die Uhr erinnerte den Baron an seinen Termin mit einer Puppenmacherin, die in Kimmling wohnt. Von Blaubergs Stiftung unterstützt Kinderheime, die Marionetten für therapeutische Zwecke erhalten sollen. Die Puppenmacherin, Magdalena Liebe, hatte die Musterpuppen fertig. Der Baron wollte sie persönlich in Augenschein nehmen. Auf dem Weg durch das Haus bat er mich, als sei es ihm gerade in den Sinn gekommen, ihn zu begleiten, traue er doch in diesem speziellen Fall dem eigenen Urteil nicht allzu sehr über den Weg.

Der Name der Puppenmutter, wie Martha sie nennt, ist mir nicht unbekannt. Martha hat mir von ihr erzählt. Die Frauen sind trotz unterschiedlichen Alters Freundinnen. Weil das, was ich über Magdalena Liebe weiß, mich ehrlich gesagt ein wenig neugierig machte und mir die Einladung des Barons nun die persönliche Begegnung ermöglichte, sagte ich zu, bin neben ihn auf den Rücksitz gerutscht.

Was ich nicht wusste, ist, was für eine mächtige Person Magdalena ist. Eine Brunhilde, mit unübersehbaren weiblichen Attributen auch unter dem weiten Kleid, eher einem formlosen Kittel, mit einem klassisch schönen Gesicht, einem irritierenden Hauch von Damenbart über den vollen, sehr sinnlichen Lippen. Sie wirkt zu groß für das winzige Häuschen am Rande von Kimmling, vor dem sie steht.

Nachdem die Puppenmacherin meine Hand und meinen Blick loslässt, macht sie einen Schritt zur Seite und gibt die grün gestrichene Tür frei. Nach einem kleinen Vorraum betritt der Besucher eine hausbreite Stube. Ich mache einen, zwei Schritte und verharre einen kurzen Moment. War ich schon nicht auf die Hausherrin vorbereitet, so bin ich auf das, was ich sehe, erst recht nicht vorbereitet. Was vor meinen Augen liegt, eingerahmt von zwei breiten Fenstern, ist Wohnzimmer, Arbeitsraum, Lager, Archiv, Ausstellung. Alles in einem. Neugierige Augen haben reichlich zu tun. Ein Blick zum Baron bestätigt mir, er ist nicht zum ersten Mal hier, kennt dieses bunte Chaos. Magdalena Liebe hat ihren Spaß an diesem staunenden Mann, an mir. Ich sage: Voll. Sie lacht laut, ohne Scheu, mit Vergnügen, haut mir auf die Schulter, dass nicht viel fehlt und ich wäre in den Tiefen des Raumes verschwunden. Die Frau im bunten weiten Kleid gefällt mir. So wie sie sich gibt. Weil sie so ganz anders scheint, als ich es bin. Alles andere, nur keine alltägliche Persönlichkeit. Unsere Blicke treffen sich wieder und ich weiß, die Chemie stimmt. Und sie weiß es auch. Lächelt und wendet sich dem Baron zu. Zeigt und erläutert ihre Arbeit. Von Blauberg nickt immer wieder, fragt, hört auf die Antworten, scheint zufrieden. Ich wage mich inzwischen Schritt für Schritt in den Raum hinein. Sehe mir die von der Holzdecke hängenden Marionetten an. Auf einmal steht die Puppenmacherin hinter mir. Der alte Baron sitzt im Sessel an dem runden Tischchen und trinkt Tee.

Sie beginnt, über diese in der Luft leise schaukelnden Puppen zu sprechen. Erzählt so, als sei in jeder ein Pinocchio versteckt.

Ich sehe sie von der Seite an, höre ihr zu, frage in eine Sekunde Schweigen hinein, wie lange sie das schon macht?

In diesem Herbst werden es zehn Jahre sein.

Wie ist sie dazu gekommen?

Durch ihre Großmutter, die Theaterpuppen machte. Als die Großmutter damals überraschend starb, hat sie den rigorosen Schritt gewagt. Der Anfang war wirklich hart. Sie hatte sich überschätzt. Nicht daran gedacht, wie viel Wissen ihr zu dieser handwerklich-künstlerischen Tätigkeit fehlte. Doch zäh stand sie zu ihrer Entscheidung. Hatte sie es denn nicht so gewollt?

Ein spitzbübischer Blick trifft mich.

Ist der eigene Wille wirklich frei, fragt sie. Sind es nicht eher die Umstände, die den Weg bestimmen?

Das klingt mir irgendwie kryptisch, sogar ein wenig geheimnisvoll.

Sie faltet die Hände vor der Brust, sagt, sie habe sich nie wirklich entmutigen lassen. Inzwischen werden ihr die Puppen sprichwörtlich aus der Hand gerissen. Viel zu häufig muss sie ihrer Kundschaft Wartezeiten nennen.

Ich bin sicher, es wäre wohl bei diesem einen Besuch bei Magdalena Liebe geblieben, es gäbe keinen Grund, überhaupt davon zu erzählen, hätte sie mich nicht überrascht. Mit fröhlich blitzenden Augen sagt sie beiläufig, sie sei Programmiererin gewesen, früher, in ihrem ersten Leben. Arbeitete in einem großen Softwarehaus, ihre Tätigkeit war interessant und anspruchsvoll, sie verdiente auch sehr gut. Was sie immer mehr belastete, waren die Nebengeräusche, die sie mitbekam. Es fiel ihr immer schwerer einfach darüber hinwegzusehen, dass der Sinn der Globalisierung die Ausbeutung der Armen im ganz großen Stil sei. Ihre Sinnkrise und der Tod der Großmutter trafen sich und so zog sie sich auf das Land, nach Kimmling, zurück. Es geht ihr gut, sie kann überhaupt nicht klagen. Und doch, was draußen in der Welt tagtäglich so abläuft, regt sie noch immer auf, obwohl sie sich vorsagt, ohnehin nichts daran ändern zu können.

Sie zieht ein schiefes Gesicht, saugt mit einem leisen Pfeifen ihre Wangen ein, öffnet die Lippen und bietet auch mir Tee an.

Wir lassen uns in die tiefe Couch sinken, gegenüber dem Baron, der uns, seine Tasse in der Hand, mit runden Augen anlächelt.

Magdalena beginnt unbefangen, ohne jede Förmlichkeit, ein Gespräch über die Computerwelt mit mir. Von Martha weiß sie, wer ich bin. Darum also keine Nachfrage, als ich mit dem Baron vor der Tür stand. Die Unterhaltung verlässt schnell die Oberfläche, die ehemalige Programmiererin wird nicht nur tiefgründig, sondern auch grundsätzlich.

Was ist der Sinn hinter unserer Arbeit, fragt sie mich. Bringt uns das Grübeln darüber wirklich einer Antwort näher? Ist es nicht der rührige menschliche Geist mit seinen unzähligen Ideen und neuen Techniken, der die Systeme und Programme, die heute alles steuern, die gesamte moderne Welt, morgen verändert oder neu entwickelt sehen will? Das ewige Karussell dreht sich immer schneller. Für wen das alles? Bringt uns die allein durch unsere Finesse so kluge Maschine wirklich neue Erkenntnisse, gar Selbsterkenntnis, vielleicht auch nur Denkhilfen in entscheidenden Fragen? Oder entsteht durch die total durchorganisierte Welt schleichend eine neue Sklaverei? Ist der moderne Mensch auf dem Weg zu einem Roboterwesen?

Sie lächelt.

Zum Schluss bleibt uns wohl nur die Sehnsucht nach Erlösung.

Ich höre einer Philosophin zu und bin fasziniert.

Eugen von Blauberg sitzt die ganze Zeit stumm in seinem Sessel, lauscht unseren Worten, scheint mit seiner Nebenrolle zufrieden.

Magdalena lacht ihr dunkles Lachen und bietet noch einmal Tee an.

Dann will sie von mir wissen, weshalb ich »Pythagoras« den Rücken gekehrt habe.

Ich weiche aus, bleibe im Allgemeinen, verstecke das unter vielen Worten.

Die Puppenmacherin zwinkert mir zu, merkt natürlich, wie ich mauere, beugt sich vor und haut mir auf den Schenkel.

Als wir kurz darauf vor der grünen Tür stehen (es regnet nicht mehr), lädt sie mich ein, sie zu besuchen, wann immer ich will, sie sei nur selten außer Haus.

Ich danke ihr und verspreche nichts.

21

Auf meinem Schreibtisch stapeln sich im Laufe der letzten Stunden die Bücher aus meiner Fachbibliothek. Ich suche nach der Bestätigung einer vagen Vermutung. Am Nachmittag erreichte mich die Mail eines Pariser Kunsthändlers. Er bot mir ein interessantes Objekt an, mit fast schon literarischer Beschreibung und dazu erstklassige Fotos im Anhang. Erreicht mich ein solches Angebot, bin ich erst einmal misstrauisch, auch wenn es von einem Händler kommt, den ich seit Jahren kenne. Diese zunächst einmal defensive, abwartende Haltung hat mich Dora gelehrt. Zudem weiß ich, dass der Verkauf, der Handel mit echten Exponaten afrikanischer Kunst so gut wie immer illegal ist. Da kann man sich ganz leicht die Finger verbrennen.

Nachdem ich in *Arts d'Afrique Noire* einen fast noch aktuellen Artikel über Figuren aus Gabun gefunden und aufmerksam studiert habe, schreibe ich dem Händler und zwei guten Bekannten in Paris eine Mail, in der ich meinen Besuch ankündige.

Paris. Als ich vom Flughafen zum Hotel fahre, regnet es Bindfäden. Auch einige Stunden später ist es nicht besser. Mit hochgeschlagenem Mantelkragen eile ich im Schutz der Hauswände vom Hotel zu einem Restaurant, in dem ich mit einem der Bekannten verabredet bin. Ein kühler Wind streicht durch die Straßen. Diese grauen Regentage sind auch in Paris nicht schön und romantisch, wie in Romanen immer wieder gelogen, schon gar nicht.

Der Bekannte ist wie ich ein Sammler, wenn auch einer anderen Kunstrichtung. Ihm haben es die sogenannten »Naiven« angetan. Er rät mir vom Kauf des Objektes ab, nachdem ich ihm von dem Angebot berichtet habe. Im Moment tauchten zu viele Fälschungen auf dem Markt auf. Ohne Frage sehr gute Fälschungen, oft nur an winzigen Ungenauigkeiten der Expertisen zu erkennen. Viele potenzielle Käufer seien im Moment verunsichert. Die Händler versuchten händeringend alles Mögliche, um Vertrauen zu bewahren und der eine oder andere sogar, es wieder herzustellen.

Dieser glasklaren Warnung zum Trotz erscheine ich am kommenden Vormittag in der Galerie des Händlers am Boulevard Saint-Germain, der im sechsten Arrondissement liegt. Wie immer begrüßt er mich überschwänglich, greift mit beiden Händen nach meiner rechten, zieht mich mit sanfter Gewalt in sein luxuriöses Büro, wo die Figur auf einem runden Teakholztischchen steht. Ginge es alleine nach meinem ästhetischen Empfinden, wäre es gar keine Frage, ich würde sofort zugreifen. Eine wunderschöne Arbeit, ist man nicht auf mitteleuropäische Formgebung fixiert. Den ganzen Vormittag schleiche ich mehr oder weniger um die Figur herum. Wäre an diesem Ort ein solches Verhalten ungewöhnlich, käme ich mir wie ein Narr vor, der einfach nicht weiß, was er will, der einen Schritt nach vorne und einen zurück tanzt. Und immer wieder lege ich die Worte des Händlers über den Zeitschriftentext, den ich getreu im Kopf habe. Es passt nur wenig zusammen. Zudem hat die Figur ihren Preis.

Dabei hat der Händler gar nicht die Absicht, meine Bedenken zu zerstreuen, sagt er doch selbst, dass der Weg, den die Figur zu ihm genommen hat, nicht von Zweifeln frei ist. Um die Mittagszeit herum verbleiben wir so: Er wird das Objekt zunächst nicht verkaufen, will erst einmal noch weitere Nachforschungen anstellen. Das ist einer der üblichen eleganten Rückzüge, um seinen guten Ruf nicht zu gefährden und womöglich einen Kunden zu verlieren. Sollte sich die Echtheit der Figur ohne Wenn und Aber herausstellen, verspricht er mir hoch und heilig, sich zu melden.

Ich verbringe mit meinen beiden langjährigen französischen Bekannten einen schönen Abend in einem guten Restaurant an der Seine.

Am nächsten Morgen fliege ich zurück nach München.

22

Da das letzte Himbeerbonbon längst gelutscht ist, sehe ich, nachdem ich meine Semmeln beim Bäcker List geholt habe, noch beim Kaufladen vorbei, um Nachschub zu besorgen und um eine Weile mit dem Mann zu plaudern. Auf meinem Rückweg sehe ich die Pfadfinderin des LKA von der Hauptstraße in eine Seitengasse abbiegen.

Wie üblich frühstücke ich in aller Ruhe, lese die Zeitung dabei. Dann weiche ich von meiner Gewohnheit ab, die ohnehin nicht in Granit gehauen ist, verlasse das Haus zu einem Spaziergang in Richtung Turm. Nur kurz frage ich mich, warum ich das tue: Weil ich die Polizistin gesehen habe? Sie ist wirklich zäh. Ich vermag noch immer keinen Grund zu erkennen, weshalb die Nachforschungen nach Hans-Dieter immer noch laufen.

Seitlich des kurz ansteigenden Wegstücks, gerade mal fünfzig Schritte im Wald, liegen, wie von Riesenhand nachlässig hingeworfen, mächtige Felsbrocken. Sie sind mit Bäumen, hohem Farn und dichtem Moos bewachsen. Für Eingeweihte ein kleines Paradies für Pilzsammler, weiß ich von Korbinian.

Ich bleibe stehen, schaue in den Wald hinein, wohl wissend, dass die Felsen von hier aus gar nicht zu sehen sind. Aber ich vermag, in der Zeit zurückzusehen. Die Bilder jener Nacht stehen mir in allen Einzelheiten vor Augen. In Gedanken laufe ich in der Dunkelheit den Weg hinunter zum Kastlerhof.

Das Anwesen lag verlassen da. Dennoch bewegte ich mich vorsichtig im nächtlichen Schatten der Gebäude, ließ nur, wenn es unbedingt notwendig war, meine Stirnlampe aufblitzen. Im ehemaligen Stall und in der Scheune entdeckte ich nichts, was mir auffällig gewesen wäre. Erst im Haus, das unverschlossen war, wartete eine Überraschung auf mich, die mir gar nicht gefiel. Die Gemälde von Wilhelm Leibl waren weg. Hatte Hans-Dieter sie verscherbelt? Diesem Banausen traute ich sogar zu, sie mit dem Sperrmüll entsorgt zu haben. Leider musste ich mir offene Nachforschungen abschminken, wollte ich nicht aus der Deckung kommen. Über die ausgetretenen Stufen der Holztreppe stieg ich nach oben und fand alle Räume leer. Wo waren die wunderschönen alten, echten Bauernmöbel geblieben? Hatten sie den gleichen Weg genommen wie die Bilder? War es so, dann hatten Hans-Dieter akute Geldprobleme geplagt. Wie auch immer, Respekt vor dem Besitz seines verstorbenen Großvaters hatte der Erbe allemal nicht. Ich streifte weiter durch das stille dunkle Haus, ohne eigentlich zu wissen, wonach ich suchte. Auf dem Küchentisch lag eine Herrenhandtasche mit den Papieren von Hans-Dieter. Die Papiere nahm ich mit, die Tasche landete im Weggehen in der Mülltonne.

23

Korbinian und ich spielen auf der Terrasse unter dem Sonnenschirm Schach. Während ich die Figuren zur zweiten Partie aufstelle, erzählt mir Korbinian, er habe fünf Männer beim Kastlerhof gesehen, von denen er nicht einen kannte.

Was meinst du, Herr Doktor, könnten es Interessenten für den Hof gewesen sein? Eine andere Erklärung fällt mir nicht ein.

Schon möglich, Korbinian.

Spaziergänger waren es jedenfalls nicht.

Wer hat sie hergeschafft?

Korbinian hebt seine Schultern und trinkt einen Schluck Bier.

Dann kommt der junge Unruhestifter sicher nicht mehr wieder, meint Korbinian.

Ihm wird die Lust vergangen sein, länger hier draußen auf dem stillen Hof zu sitzen.

Ob er einen Makler beauftragt hat, den Hof zu verkaufen?

Auch das ist möglich, Korbinian.

Wir beginnen unser zweites Spiel.

24

Mit dem Wagen fahre ich hinüber zum alten Kloster. Standesgemäß sozusagen. Die alte weitläufige Anlage liegt hinter Kimmling in einem breiten Wiesental. Die schmale Landstraße zieht auf der Höhe ein Stück am Wald entlang, beschreibt dann einen lang gezogenen Linksbogen. Von dort aus ist das Kloster zum ersten Mal zu sehen. Ich steuere den Wagen an den Straßenrand und lasse das Fenster herunter. Betrachte ein Bild wie von einem der einst bekannten Landschaftsmaler wie Hans Thoma. Das Kloster war ehemals kein großes und noch weniger ein bedeutendes des Benediktinerordens, war von seinem Baumeister jedoch mit viel Fingerspitzengefühl in die Landschaft eingepasst worden. Ich bin mir bewusst, dass das Kloster von hier, also aus der Distanz, schöner aussieht als aus unmittelbarer Nähe. Noch einige weitere Jahre im Dornröschenschlaf hätten ausgereicht, um es endgültig dem Verfall anheimzugeben. Jetzt ist zunächst einmal die Kapelle restauriert.

Hochwürden Demme steht der Stiftung vor, die mit viel Enthusiasmus und wenig Geld versucht, zu retten, was zu retten und in großen Teilen wohl nicht mehr zu retten ist. Dieser quichotteske Ritt gegen die Macht der Zeit imponiert mir und darum unterstütze ich die Stiftung gerne finanziell.

Wie ernst es dem Pfarrer ist, mich bei der Weihe der Kapelle unter den Gästen zu sehen, beweist mir seine persönliche schriftliche Einladung, die mir vor zwei Tagen der Postbote brachte.

Ein provisorisch mit der Hand gemaltes Schild weist mir den Weg zum Parkplatz im hinteren Innenhof. Nur noch wenige Lücken sind frei, von denen mir ein Mann in weißem Hemd mit hochgekrempelten Ärmeln mit Handzeichen eine anbietet. Ich danke ihm mit einem Lächeln, steige aus und überquere den Hof. Durch die offen stehenden Spitzbogenfenster des Südflügels sehe ich mehrere Personen damit beschäftigt, letzte Hand an gedeckte lange Tische zu legen. In diesem Gewölberaum wird später die Feier stattfinden, von der in der Einladung stand. Am Eingang der Kapelle werde ich von einem Mann, den ich nicht kenne und dem leicht anzusehen ist, dass er seinen guten Anzug nicht allzu oft und auch nicht gerne trägt, begrüßt und flüsternd nach meinem Namen gefragt. Ich nenne ihn und er nickt mir freundlich zu, hat wohl die Gästeliste im Kopf gespeichert, reicht mich mit einer eleganten Handbewegung weiter an einen Mann, der mir nicht unbekannt ist. Der Metzger, Fußballtrainer und ehrenamtliche Gemeindehelfer begleitet mich zu dem für mich vorgesehenen Platz in der zweiten Reihe. Welch eine Ehre für einen geständigen Agnostiker. Während mein Begleiter durch den Mittelgang zurückkehrt in den Schatten nahe dem Eingang, setze ich mich, lasse meine Augen in die Runde schauen. Vor mir in der ersten Reihe haben die kirchlichen Würdenträger und die bei solchen Anlässen unvermeidlichen Politiker ihre Plätze, vom Bürgermeister angefangen über den Landrat, die MdL und MdB aller Parteien. Keiner fehlt, natürlich nicht. Die Reihen zwei und drei sind für Sponsoren der Klosterstiftung reserviert, für die *Freunde des Klosters,* wie wir uns selbstironisch untereinander benennen, soweit wir uns kennen. Die meisten Damen und Herren jedoch, die bereits sitzen, sind mir fremd. Die Bankreihen hinter mir, höre ich später, sind für die Gemeindemitglieder und interessierte Besucher frei.

Ein weiterer Gast nimmt neben mir Platz. Er nickt, lächelt mir wie einem Komplizen zu. Eugen von Blauberg.

Den Festgottesdienst zelebriert Hochwürden Demme höchstselbst. Ihm gelingt der gewiss nicht leichte Spagat zwischen ernster Feier und dankbarer Fröhlichkeit.

Die dem Gottesdienst sich anschließenden Stunden im ehemaligen Refektorium werden mir in angenehmer Erinnerung bleiben. Der Baron und ich sitzen mit Menschen zusammen, die viel miteinander sprechen. Ich kann mich auf das Zuhören beschränken, muss mich nicht an den Gesprächen beteiligen. Ein Lächeln hier und da genügt. Dem Baron scheint es zu gefallen, immer wieder ausführlich zu unterschiedlichen Themen seinen Senf dazugeben zu dürfen.

Nach dem Essen, einem schmackhaften Eintopf, tritt der Pfarrer auf einmal hinter uns, legt uns seine Hände auf die Schultern, neigt sich, um uns flüsternd zu einem Rundgang durch die Kapelle einzuladen.

Mit dem Baron und mir sind es dann elf Gäste, die von der leitenden Restauratorin eine hochinteressante, stellenweise auch spannende Führung durch das zu einem kulturgeschichtlichen Schatzkästlein frisch erblühten Gotteshaus geboten bekommen.

In der offenen Flügeltür, vor uns das in der Sonne gebadete grüne Tal, stehen Hochwürden und ich. Ich bemerke mit Erstaunen die leichte Berührung seiner Hand an meinem Arm.

Habe ich davon gehört, dass der Kastlerhof verkauft werden soll?

Ich bin überzeugend unwissend. Ist der Erbe wieder aufgetaucht?

So viel er wisse, sagt Demme, nicht. Wäre aber sonst an einen Verkauf zu denken? Der Pfarrer schaut mich fragend an.

Ich lächle und sehe in die Weite.

In diesen Stunden werde ich noch einmal auf Hans-Dieter angesprochen. Der Landrat und ein Lehrer, der aus Kimmling stammt, in München unterrichtet, fragen mich, da sie hörten, ich sei ein Nachbar, nach dem rätselhaften Verschwinden des jungen Arzberger. Hätte ich wirklich nichts mitbekommen, wird nachgehakt. Wovon, frage ich völlig naiv zurück. Vielleicht Reisevorbereitungen, ungewöhnliche Vorgänge auf dem Hof? Wie immer bin ich die Freundlichkeit selbst, sage harmlos, aber unverblümt in ihre neugierigen Gesichter, ob sie mir zutrauen, den lieben langen Tag den Hof im Blick zu haben? Nein, nein, wird beteuert, nur, man höre ja die tollsten Sachen, was so auf dem Hof los gewesen sei. Ich schüttle den Kopf. Laut sei es oft hergegangen, ohne Frage, doch sonst? Als Nachbar kann ich mit keiner Beobachtung dienen, lache ich, war nämlich an dem Tag, an dem Arzberger verschwunden sein soll, in München. Ich zwinkere ihnen zu. Dafür gebe es Zeugen. Sie lachen so fröhlich, als seien sie ehrlich erleichtert, dass ich nichts zu den fliegenden Gerüchten addieren kann. Entschuldigen sich sogar für ihre Neugierde. Löse sich jemand einfach in Luft auf, sagt der Lehrer, dann darf doch eine gewisse Neugierde entschuldigt werden, oder? Das darf sie, beteuere ich.

Damit ist das Thema sprichwörtlich vom Tisch. Allerdings nicht aus meinem Kopf.

Ein Film, es sind immer die gleichen Bilder, läuft in meinem Kopf ab. Schwere Motorräder, Quads, Geländewagen, dazu einige alte amerikanische Straßenkreuzer finden nach und nach ihre Heimstatt nebenan auf dem Kastlerhof. Und immer gegen Mittag beginnt der Höllenlärm, endet oft erst spät in der Dunkelheit. Toben da lauter Narren auf ihrem Spielplatz? Unsere Idylle ist total auf den Kopf gestellt. Die Ruhe wird zu einem heiß ersehnten Wunder.

Liebe Nachbarn eben. So voller Rücksicht.

25

Durch das Fernrohr behielt ich im Auge, was dort drüben ablief. Nicht den ganzen Tag, aber immer, wenn der Lärm einem neuen Höhepunkt entgegenhämmerte. Diese Zeit oben in der Dachkammer brachte meinen Tagesablauf gehörig durcheinander.

Ich durfte nicht länger so tun, als würde sich das Fass nicht mit jedem Motorengebrüll unweigerlich mit ohnmächtigem Zorn bis zum Rande füllen. Bevor es endgültig überzuschwappen drohte, machte ich noch einen letzten Versuch in Güte. Zusammen mit Korbinian marschierte ich auf den Hof. Es war ein paar Tage, nachdem die Wagen gebrannt hatten. Meine Hoffnung war, dass Hans-Dieter sich dadurch zugänglicher zeigen würde. Wir fanden ihn in der Scheune, wo er unter einem Cadillac lag und hörbar herumwerkelte. Als er auf dem Rollbrett unter dem Wagen hervorkam, konnte ich ein Schmunzeln kaum unterdrücken. Er spielte seine Rolle stilecht: Im Blaumann mit Putzlappen und Schraubenzieher, ölverschmierten Hände und sogar, wie von einem Maskenbildner platziert, einem schwarzen Fingerstrich auf der linken Wange. Noch in Rückenlage verdüsterte sich sein Gesicht, als er sah, wer sich neben dem Cadillac aufgebaut hatte. Er sprang auf, trat mir mit funkelnden Augen entgegen bis auf Atemnähe.

Sei er nicht deutlich genug gewesen? Er wollte mich doch nicht mehr auf dem Hof sehen.

Ich war sehr freundlich. Vermied jeden Anflug von Aggressivität. Liebe deinen Feind, denn es wird ihn wahnsinnig machen. Sagte mal eine kluge Frau. Im Prinzip stimme ich ihr zu.

Alles was ich vorbrachte, jeden Vorschlag konterte der junge Hausherr kühl und ganz von oben herab. Niemand könne ihm irgendwas. Jedem Argument von meiner Seite setzte er verbal ein spitzes Hütchen auf, blieb nichts schuldig, gab sich stur wie ein Panzer, schien völlig ungerührt. Bis ich von einem Ausgleich der Interessen sprach. Welche Interessen ich denn meine? Die seiner

Nachbarn. Er lachte, wir, seine Nachbarn, scherten ihn nicht die Bohne. Von einem Satz zum nächsten schlug seine Stimmung um. Er drohte uns beiden, Korbinian und mir. Sollten wir noch einmal sein Gelände betreten, hätten wir die Folgen zu tragen.

Oder du, dachte ich, du sturer dummer Kerl. Ich werde mich nach diesem Besuch intensiv mit dem Problem Hans-Dieter beschäftigen. Werde ihm den Weg weisen, diesem Hitzkopf. Ganz nach dem Motto: Wer nicht hören will, der muss fühlen.

26

Mein Vater lebt seit Jahren in einem luxuriösen Seniorenheim am Starnberger See. Die Rechnung, von der »Residenz über dem See« monatlich gestellt, wird von meinem Konto abgebucht. Mit seiner Pension als Professor braucht er sich über sein Taschengeld keine Gedanken machen. Mein regelmäßiger Besuch bei ihm ist schon längst zur fest eingeplanten Gewohnheit geworden. Das dreistöckige, rechteckige Gebäude mit viel Glas steht in einem Park, hat einen eigenen Seezugang mit Steg und Bootshaus. Die Residenz hat etliche Bewohner, die tatsächlich noch ein eigenes Boot haben und es sogar noch nutzen. Die Auffahrt, der Parkplatz seitlich des Haupteinganges, erst recht die Eingangshalle, vermitteln dem Besucher den Eindruck, es könnte sich auch um ein Hotel handeln. Die alten Menschen, nicht wenige davon im Rollstuhl oder mit Gehhilfen unterwegs, lassen aber auch an eine Klinik denken.

Ich betrete die Halle, sehe meinen Vater, der, in einen Sessel versunken, mit einem kahlköpfigen, ihm zugewandten Riesen spricht. Vater wendet seinen Kopf in meine Richtung, sagt etwas zu dem Riesen, stemmt sich hoch und kommt auf mich zu. Wie immer ohne ein Lächeln zur Begrüßung.

Ich habe noch nie Freude in seinem Gesicht wahrgenommen, wenn er mich sieht. Wir waren uns zu keiner Zeit nahe. Auch heute noch nicht. Wir haben einfach keinen Zugang zueinander. Gewiss, wir respektieren uns, gehen höflich miteinander um. Ich erinnere mich an keine einzige richtige Auseinandersetzung mit meinem Vater. Alles perlt wie Wasser an ihm ab. Er setzt immer seinen Willen durch, nach dem Prinzip »Steter Tropfen höhlt den Stein«. So bin ich letztendlich auch zu meinem Doktortitel gekommen, den ich von mir aus nie angestrebt hätte. Der mir allerdings, gebe ich gerne zu, doch so manche Tür geöffnet hat, mir in nicht wenigen Situationen Vorteile brachte. Du musst den Doktor machen, Leo, hat mein Vater immer wieder gesagt, wie einst Cato, der Karthago zerstört sehen wollte und schließlich, wie Vater, seinen Willen bekam. Was er mir sagte, als ich den Titel hatte, hat mich betroffen gemacht, und ich habe es augenblicklich als taktischen Fehler verbucht, seinem steten Drängen nachgegeben zu haben. Er sagte: Der Mensch beginnt erst mit dem Doktortitel, mit einem Niveau, das dich aus der Masse heraushebt. Die einfachen Menschen werden zu dir aufsehen. Allein wegen des Titels. Wirst schnell selbst die Erfahrung machen, Leo.

Wir verlassen nebeneinander die Halle, gehen hinaus in den Park, spazieren auf den gewundenen, mit feinem Kies bestreuten Wegen in Richtung See hinunter. Als wir freien Blick auf das Wasser haben, bleibt Vater stehen und stopft sich in aller Ruhe seine Pfeife. Erst nachdem die ersten Rauchwölkchen aufsteigen, setzen wir unseren Weg fort. Er erzählt beredt, als stände er noch vor seinen Studenten, von einem Vortrag, der vor einigen Tagen in der Residenz gehalten wurde. Was ich ihm vielleicht mitteilen könnte, danach fragt er nicht, verschwendet wohl nicht mal einen Gedanken daran. Immer wieder hüstelt er beim Sprechen vor sich hin. Als ich ihn ansehe, schüttelt er seinen Kopf.

Manchmal setze sich ein Frosch in seinem Hals fest, den er loswerden muss.

Oder ob es wohl am zu vielen Rauchen liegen mag, Vater?

Ach was, winkt er ab, und wenn, sei er alt genug, um seine Seele, wenn es so weit sei, ruhig davonflattern zu lassen.

Eines von Vaters Späßchen, über die immer alle lachen sollten und es auch brav taten. Mal abgesehen von mir, denn ich fand diese sogenannten Späßchen nie wirklich zum Lachen. Darum reagiere ich auch jetzt nicht.

Unten am See, auf dem Steg, von dem aus wir über das Wasser bis zu den greifbar nahen Bergen sehen, grinst er mich an. Was erwartet mich jetzt für ein Bonmot?

Mit meinem weißen Bart, sagt er, sähe ich nicht wie sein Sohn, eher wie sein jüngerer Bruder aus.

Das ist nun mal ein gelungener Scherz, über den ich lachen kann. Was wiederum meinen Vater staunen lässt, ihn sichtbar verunsichert.

Langsam gehen wir zurück. Vater spricht ohne Punkt und Komma, springt von Thema zu Thema. Bei ihm ein sicheres Zeichen für innere Unruhe. Nur, weshalb sollte er nervös sein? Es dauert dann noch einige Minuten, bevor ich den Grund, eine Frau, kennenlerne. Eine ältere, sehr gepflegte Frau, ganz Dame, schlank und gut aussehend, elegant und sichtbar teuer gekleidet, kreuzt unseren Weg. Ein geplantes Zusammentreffen, keine Frage.

Vater stellt vor: Freifrau Ehrentraut von Stetten. Doktor Leo Petermann.

Kaum haben wir auf einer nahen Bank Platz genommen, überrascht mich Frau von Stetten. Sie hat mein Buch gelesen, nicht nur oberflächlich, nicht nur überflogen, wie ich feststelle, und spart nicht mit lobenden Worten. Es zeigt sich im Laufe des Gesprächs, dass sie in der Literatur gut bewandert ist. Mein Vater ist still, widmet sich seiner Pfeife, ist offenbar zufrieden mit seinem Sohn. Kommt auch nicht jeden Tag vor.

Am Abend ruft Vater mich an. Was nur äußerst selten passiert. Ergo ist es ihm wichtig. Er möchte von mir hören, was ich zu Frau von Stetten zu sagen habe, ohne mich direkt danach zu fragen. Die Dame wohnt erst seit einigen Wochen in der Residenz. Vater hat offensichtlich ein Auge auf die Freifrau geworfen. Und sie scheint den so distinguierten Kavalier zu akzeptieren. Ein Paar, das was hermacht: Freifrau und emeritierter Professor.

27

Beim Kramer lasse ich eine Tüte mit Himbeerbonbons in Folie packen, als Geschenk. Ich besuche Magdalena Liebe und werde ihr den süßen Gruß mitbringen. Ist ein gewisses Risiko, ist mir klar, bei ihrer Mächtigkeit. Ich habe Glück, sie freut sich über mein Mitbringsel. Bietet mir lächelnd gleich die offene Tüte an. Ich greife hinein. Lächle sie an. Alles deutet für mich darauf hin, dass ich ihr ein willkommener Gast bin.

Sie räumt das Sofa und eine Ecke des Tisches frei. Bietet Tee an. Auch heute trägt sie ein weites buntes Kleid, eine andere Farbe als neulich.

Dann sitzen wir nebeneinander und plaudern über Gott und die Welt.

Ich würde müde aussehen, sagt sie irgendwann. Ob ich nicht gut schlafe?

Wie ein Bär, gebe ich Antwort. Im Schlaf bin ich weit weg. Schwebe quasi zwischen den Sternen.

Sie lacht. Blickt mir unerwartet in die Augen. Sie hat schöne Augen. Grau mit schwarzen Tupfen. Warme, schamlose Augen. Mich durchrieselt ein köstlicher sinnlicher Schauer.

Sie habe mein Buch gelesen.

Überrascht hebe ich meine Augenbrauen an. Sind vorwiegend Frauen meine Leser?

Ob ich wieder eines schreibe, fragt sie.

Gerade habe ich ein Manuskript abgeschlossen, das bei meinem Verleger liegt.

Thema?

Ich erzähle.

Als ich mit meinem verbalen Exposé fertig bin, gießt sie Tee nach. Beugt sich dabei über den Tisch, sieht mich von der Seite an, schelmisch.

Ganz offen, ohne ein Zeichen von Verlegenheit, sagt sie, sie habe sich über mich ins Bild setzen, von objektiven Quellen etwas über den geheimnisvollen und öffentlichkeitsscheuen Petermann hören wollen.

Magdalena scheint tatsächlich an mir interessiert.

Was haben die Quellen berichtet?

Sie lächelt. Petermann, sagt sie, plant akribisch. Hat immer alles im Griff. Motiviert einfühlsam. Hasst Fehler, Ungenauigkeiten, Unkonzentriertheit. Wertet wenig fundierte Kritik als Angriff auf seine Kompetenz.

Jetzt lächele ich sie an. So werde ich also wahrgenommen? Nie habe ich mir wirklich Gedanken über meine Wirkung auf andere Menschen gemacht. Ich frage nicht nach, von wem sie das Psychogramm hat.

Die Auskunft ist im Wesentlichen akzeptabel, Magdalena. Allerdings gibt es weiße Zonen.

Sie lacht mir in die Augen.

Als wir uns an der Tür verabschieden, sagt sie, ich könne kommen, wann immer ich will, jederzeit.

Ich spreche die Gegeneinladung aus.

Wir geben uns die Hand, halten sie länger fest als notwendig.

28

Ich telefoniere mit Paula.

In der vergangenen Nacht hatte ich meine Vision von ihr.

Möchte sie mit mir in die Oper gehen? Verdis *Rigoletto*.

Gerne.

Ihre Stimme klingt gut.

Wann?

Morgen.

Sie spricht von ihrer Arbeit, die sie fast rund um die Uhr beschäftigt. Ich bin froh, dass sie einen Beruf hat, der ihr eine Berufung ist, ihr Freude macht, sie ausfüllt.

Wer ist Paula?

Ich kenne sie seit ihrer Kindheit. Aus dem niedlichen, hübschen Mädchen ist eine wunderschöne Frau geworden. Das Kind italienischer Eltern ist schlank, so groß wie ich, hat einen olivenfarbenen Teint, mittellange blonde Haare.

Paula ist die Tochter unserer damaligen Putzfrau, die später unsere Haushälterin wurde. Ihr Vater ist früh verstorben. Die Mutter zog sie alleine auf. So war Paula oft bei uns. Mit Jörg hat sie sich nie vertragen. Hatte schon früh einen eigenen Kopf. Obwohl ich sie nur selten zu Gesicht bekam, reichten die wenigen Augenblicke doch aus, dass mir ihre aufgeweckte Art und ihre Intelligenz auffielen. Ich sprach mit ihrer Mutter, bot ihr an, Paula die bestmögliche Ausbildung zu finanzieren. Der Mutter gefiel mein Vorschlag zunächst einmal wenig. Sie war stolz, wollte nichts geschenkt bekommen. Erst als ich ihr einige Zeit später vorschlug, Paula zu den Englischen Fräulein zu schicken, gab sie ihr Einverständnis. Paula fiel die Schule leicht. Zu ihrer ungewöhnlichen Intelligenz addierten sich Wissensdurst und Ehrgeiz. Sie gab sich mit ihren Noten nie zufrieden, war eine Einserschülerin. War der ganze Stolz ihrer Mutter. Und heimlich auch von mir. Paula machte mit 1,0 ihr Abitur. Da stand schon fest, welchen beruflichen Weg sie einschlagen wollte. Ihr Wunsch war, Ärztin zu werden. Woher diese Bestimmung kam, weiß ich bis heute nicht zu sagen. Jedenfalls, seit sie sechzehn war, arbeitete sie in den Sommerferien in einer kirchlichen Klinik.

Zu ihrem achtzehnten Geburtstag bekam Paula zum ersten Mal einen Betrag von mir auf ihr Konto überwiesen. Zu ihrer freien Verfügung. Diese monatliche Zuwendung, die Höhe ihren

Lebensumständen immer angepasst, läuft heute noch. Paula ist eine finanziell unabhängige Frau. Auch während ihres Studiums blieb sie bei ihrer Mutter wohnen. Aus dem Kinderzimmer war ein Jugendzimmer geworden, schließlich das Zimmer einer angehenden Ärztin.

Zwei Tage, nachdem sie Frau Dr. Paula Fratelli geworden war, aßen wir zusammen im »Bayerischen Hof«. Sie wusste von der Suite. Ich hatte ihr davon erzählt. Sie wollte sie sehen. Also fuhren wir hinauf. Während Paula jeden Raum genau inspizierte, stand ich am Fenster, sah über die Dächer der nächtlichen Stadt. Ich war ganz in Gedanken, als hinter mir eine Tür leise ins Schloss fiel. Langsam drehte ich mich um. Da stand Paula. Mitten im Raum. Völlig nackt. Umwerfend. Das reale, mir stets präsente Bild meiner Vision.

Wir gingen, wie magnetisch voneinander angezogen, aufeinander zu. Schlossen uns stumm in die Arme. Nach einigen Momenten neigte sie ihren Kopf zurück, sah mir in die Augen.

Alles hat seine Zeit, sagte sie, jetzt beginnt die Zeit des Dankes, Leo.

Zwei Stunden kurz erlebten wir ein Stück vom Himmel, Paula und ich.

An diesem Abend hat sie mir auch ein Versprechen gegeben. Immer wenn ich sie rufe, wird sie für mich da sein.

An diesem Abend nicht und auch später nie haben wir von Liebe gesprochen. Werden es wohl auch nie tun. Ist es Liebe? Ich weiß es nicht. Sicher ist da eine starke gegenseitige Anziehung. Wichtiger als ich es bin, ist Paula ihre Arbeit als Ärztin. Einer hervorragenden Ärztin. Sie wird für ihren Beruf leben, nie eine Familie haben, hat sie mir mal gesagt. Männer interessieren sie nicht. Ich bin der einzige Mann in ihrem Leben. Ich vermute sicher richtig, wenn ich sage, es wird nach mir auch keinen mehr geben. Ihr Verlangen nach körperlicher Liebe ist alles andere als stark. Paula ist eine Nonne der Medizin. Seit einem Jahr ist sie jetzt in der medizinischen Forschung. Ihr Ziel. Ihre Erfüllung.

Ich hole Paula zu Hause ab. Sie ist noch im Bad. Ich unterhalte mich mit ihrer Mutter. Ob sie ahnt, vielleicht sogar weiß, wie ihre Tochter und ich zueinander stehen? Ja oder nein? Keine Geste, kein Blick, kein Wort von ihr hat mir bisher Auskunft gegeben.

Paula kommt. Es ist eher ein Erscheinen. Hand in Hand mit einem blonden Engel werde ich in die Oper gehen. Paula kennt *Rigoletto* von der CD. Auf der Bühne wird sie Verdis Werk zum ersten Mal erleben.

Wir sehen eine Aufführung mit glänzendem Orchester und wunderbar disponierten Sängern. Paula ist begeistert, beinahe zu Tränen gerührt. Wenn wir zusammen sind, lässt sie sich öfter einmal fallen, zeigt Gefühle. Gewöhnlich ist sie kühl und rational.

Später aalen wir uns in der runden Badewanne, trinken Champagner und sehen in den samtenen Nachthimmel hinauf.

Leo sieht müde aus, sagt Paula.

Beinahe die gleichen Worte habe ich von Magdalena gehört.

Zu Paula bin ich offen. Sie merkt, wenn ich um den heißen Brei herumrede und kann dann schnell sehr bissig werden.

Ich habe nicht mehr viel Zeit, Paula. Ich merke gleich, wie melodramatisch sich meine Worte anhören.

Wer sagt das?

Mein Gefühl.

Sage nicht solche Sachen, Leo. Du wirst dich auf Herz und Nieren durchchecken lassen. Ich mache dir einen Termin.

Dir zur Beruhigung werde ich das tun. Bin jedoch sicher, dass mir körperlich nichts fehlt. Das Wissen sitzt tief innen.

Sie schaut mich verwundert an, sagt, so kenne sie mich gar nicht.

29

Ich komme aus dem Haus der Weilnböcks. Vom Mittagstisch. Im Schatten unter einer großen Kastanie steht die Polizistin. Es ist nur zu offensichtlich, dass sie auf mich gewartet hat, weiß, wo ich zu finden bin.

Das träfe sich gut, sagt sie mir entgegen, dass wir uns zufällig über den Weg laufen.

Zufall, Frau Moldenhauer?

Sie lächelt, was aber mehr einem Grinsen nahekommt.

Sie möchte sich von mir verabschieden.

Sie reist ab? Hat also kein Haus gefunden?

Welches Haus?

Im Ort gehe die Rede, sie suche ein Haus.

Sie lacht.

Ich schenke ihr ein herzwarmes Lächeln, das sie mit einem schiefen Mund beantwortet.

Nett fände ich es, dass sie sich von mir verabschiede. Aber warum gerade von mir? Hat sie sich auch von allen anderen in Kimmling verabschiedet?

Habe sie natürlich nicht. Sie schüttelt den Kopf. Sie wolle nur nicht versäumen, mir zu sagen, dass sie mich für einen großen Schauspieler halte.

Ich hebe meine rechte Augenbraue. Frage sie mit interessiertem Gesicht, wie ich zu dieser ehrenvollen Beurteilung komme.

Heuchelei sei reine Schauspielkunst.

Heuchelei?

Verstellung, Tücke, List biete sie mir als Synonyme an.

Sollte ich jetzt Betroffenheit zeigen?

Nein, nicht nötig, Herr Doktor Petermann. So schätze sie mich eben ein.

Sie sei sehr offen, sehr direkt, die Frau Polizistin.

Sehe ich in ihren Augen Triumph aufflackern? Welche Pfeile hat sie im Köcher und lässt sich nur noch Zeit, sie vom Bogen zu lassen?

Sie wäre sich ziemlich sicher gewesen, ich hätte mit dem Verschwinden Arzbergers unmittelbar zu tun.

Da schlage ihre Fantasie aber bunte Blasen ... Ich stutze im Moment. Wieso gewesen? Sei ich nicht mehr ihr Verdächtigter?

Ihr Blick ist irgendwie rätselhaft. Sie hätten eine Spur des Vermissten gefunden, sagt sie.

Ach ja?

Er sei in Paris in einen Flieger nach Tahiti gestiegen.

Endlich, denke ich, hat ziemlich lange gedauert.

Tahiti? So etwas in diese Richtung hätte ich gleich vermutet, sage ich.

Da gäbe es nur ein Problem.

Dürfte ich erfahren welches?

Er sei in Tahiti nicht angekommen.

Nein, nein, Frau Moldenhauer, ich habe ihn nicht aus dem Flugzeug geworfen, Ehrenwort.

Ich sei kalt wie eine Hundeschnauze.

Weshalb werfe sie mir ein böses Wort nach dem anderen an den Kopf?

Weil sie eben wütend sei.

Passe die Vokabel *frustriert* da nicht besser?

Ich solle es nennen, wie ich wolle.

Ich verneige mich leicht.

Leben Sie wohl, Herr Doktor Petermann.

Servus, Frau Moldenhauer.

Mit hochrotem Kopf stürmt sie regelrecht davon. Wäre sie Rumpelstilzchens Schwester, würde sie sich ein Bein ausreißen und in waberndem Nebel verschwinden.

30

Ich spaziere den kurzen Weg zurück zu meinem Haus. In gehobener Stimmung. Die Frau Polizistin ist zu amüsant. Ahnt irgendwo in der Ferne etwas, hat nichts Greifbares in der Hand und will mir einfach so ihren Ärger in die Schuhe schieben.

Aus dem Keller hole ich mir eine Flasche meines besten Rotweins, öffne sie in der Küche, gieße mir ein Glas ein, setze mich damit auf die Terrasse, trinke einen Schluck, schmecke ihm auf Zunge und Gaumen nach, blicke zum See hinüber, strecke die Beine weit von mir.

Welch ein kluger Schachzug war es doch, Wolf Vöst eine Reise nach Tahiti, seiner Trauminsel, zu spendieren und ihn für einen etwas längeren Aufenthalt mit reichlich Geld zu versorgen.

Wolf wird Tahiti nicht überleben.

Vor Jahren war Wolf ein enger Mitarbeiter von mir. Als glänzender Informatiker mit ebensolcher Zukunft war Vöst Mitglied des Planungsstabes von »Pythagoras«. Warum er mit dem Trinken anfing, es einfach nicht mehr sein lassen konnte, habe ich nie mit letzter Gewissheit klären können. Was habe ich nicht alles versucht, um ihn wieder auf sichere Beine zu stellen. Sogar eine Entziehungskur, auf Firmenkosten, war letztlich eine vergebliche Hoffnung. Wolf war offenbar nicht zu helfen. Nur wenige Tage nach seiner Rückkehr aus der Klinik soff er sich bis zum Kragen voll. Verschwand daraufhin für einige Zeit von der Bildfläche. Plötzlich tauchte er dann, total von der Rolle, in meinem Büro auf. Über den Schreibtisch hinweg schwenkte er seine Schnapsfahne. Wolf war allerdings keineswegs gekommen, um als reuiger Sünder aufzutreten, nein, er war da, um zu kündigen. Mündlich. Was er nuschelte, war kaum zu verstehen. Mir war jedoch klar, dass dies tatsächlich das Ende der Zusammenarbeit war. Ich nahm die Kündigung an. Lud ihn zum Essen ein. Er winkte ab. Dann versprach ich ihm eine Abfindung, unter der Bedingung, er hinterlasse mir eine Adresse, wo ich ihn gegebenenfalls finden könnte. Tatsächlich lallte er eine Anschrift zwischen seinen schmalen Lippen hindurch. Klar, dass ich ihm nicht über den Weg traute. Ich ließ seine Angabe überprüfen. Wolf war zu lange in alle strategischen Pläne der Firma eingebunden gewesen, sein Wissen in bestimmten Kreisen einen Haufen Geld wert. In diesem Zustand war Wolf sehr labil und kaum einzuschätzen. Ich beauftragte eine Detektei, ihn zu überwachen. Es summierten sich zu viele wunde Punkte bei Wolf, um leichtfertig mit den Schultern zu zucken. Wie sich zeigte, blieb Wolf brav, aus Sicht von »Pythagoras«. Seine Sauferei aber wurde immer exzessiver. Nach den Berichten, die ich von der Detektei erhielt, ging es mit Wolf immer mehr bergab. Zweimal machte ich noch einen Versuch und traf mich mit ihm. Verschenkte Zeit nur. Wolf wollte sich gar nicht helfen lassen.

Und dann kam der Moment, an dem ich ihm zur Erfüllung seines Traumes von der Südsee verhelfen und er sein Konto bei mir ausgleichen konnte. Ich hatte den Personalausweis und den Reisepass von Hans-Dieter und dazu die genaue Vorstellung, was ich damit anfangen wollte. Traf schnell die Vorbereitungen.

Nur drei Tage, nachdem Hans-Dieter den Kastlerhof für immer verlassen hatte und diese Tatsache noch niemand wirklich ahnte, war ich in München, um Wolf aufzusuchen. Er war nicht zu Hause. Geduld war angesagt. Ich setzte mich gegenüber in das Café, an einen Tisch am Fenster, und überflog beiläufig, mehr um mir die Zeit zu vertreiben, die Seiten der Süddeutschen Zeitung, die ich mir vom Tresen, wo sie auslag, mitgenommen hatte. Den Hauseingang auf der anderen Straßenseite behielt ich ständig im Blick.

Nach vielleicht zwei Stunden, einem Kännchen Kaffee und zwei Kuchenstücken, betrat Wolf die Szene. Es sah aus, als tanze er auf dem Bürgersteig. Mit jeder seiner unkoordinierten Bewegungen war die Gefahr verbunden, dass er lang hinschlug. Obwohl ich ihn länger nicht gesehen hatte, meinte ich, er habe sich kaum verändert. Gut, er war unrasiert, ungepflegt, sah aber nicht gleich auf den ersten Blick mitleiderregend aus. Wolf war ein zäher Hund, nicht mal von sich selbst leicht umzubringen.

Ich ließ einen Schein auf dem Tisch am Fenster zurück, machte der Bedienung ein Zeichen, verließ das Café, überquerte die Straße. Wolf blieb abrupt stehen, als ich ihm in seinen schwankenden Weg trat. Er erkannte mich sofort. Erstaunlich. Auch, dass er mit dem Schlüssel ohne sichtbare Schwierigkeiten die Haustür öffnete. Ohne meine Hilfe, er hob seine Füße wohl ganz aus Gewohnheit, stieg er die Treppe bis unter das Dach hinauf, allein nur mit der Unterstützung des Handlaufs. Dabei war er total betrunken.

Wohnung zu nennen, worin er hauste, wäre unangebracht. Es war eine wüste Höhle, in der es jämmerlich stank.

Zunächst nötigte ich ihn zum sofortigen Gang unter die Dusche, kalt. Ich wartete, während er in der kurzen Badewanne stand und tapfer das kalte Wasser ertrug, in der Tür der winzigen Nasszelle ab. Bemerkte den schwarzen Schimmel und die ekligen kleinen Mitbewohner. Keine angenehmen Minuten, nach denen Wolf allerdings tatsächlich einen besseren, wenn auch nicht nüchternen Eindruck machte.

Wir setzten uns, Wolf in einen glücklicherweise dunklen Bademantel gehüllt, an den wackligen Tisch in der Kochecke. Die Flasche Calvados, die er aus irgendeinem Winkel hervorzauberte, verweigerte ich ihm. Wütend brauste er auf, hob den Hintern vom Stuhl und funkelte mich böse an. Mit einem strahlenden Lächeln und einer Frage stellte ich ihn wieder ruhig.

Würde er mir einen Gefallen tun?

Wenn möglich. Was er jedoch stark bezweifle.

Ich würde ihm auch einen großen Wunsch erfüllen.

Ich wusste, jetzt hatte ich ihn an der Angel. Die Worte drangen also immer noch vor bis zur Denkzentrale, die Zugänge waren noch nicht verstopft. Aufmerksam, mit intelligenten Augen sah er mich an. Er war, jedenfalls im Moment, ganz der Alte. Das musste er auch sein, wollte er kapieren, was ich ihm sagte.

Langsam, Wort um Wort, tröpfelte ich ihm das süße Gift der Träume in seine elende Gegenwart.

Er wird mit dem Zug nach Mannheim fahren und weiter nach Paris. Von dort mit dem Flieger nach Tahiti.

Er starrte mich zunächst stumm an. Seine Blicke suchten einen Halt. Driftete er wieder weg? Nein, er war sich nur nicht sicher, mich richtig verstanden zu haben.

Tahiti?

Tahiti.

Tatsächlich?

Ich reichte ihm die Ausweise von Hans-Dieter, die klinisch rein in einem Plastikbeutel steckten.

Nimm sie heraus, Wolf.

Was er tat. Dabei zitterten seine Hände.

Schau dir die Fotos an.

Lange sprangen seine Blicke von einem Bild zum anderen hin und her.

Ist das tatsächlich die gleiche Person, fragte er zweifelnd.

Es ist die gleiche Person, Wolf, bestätigte ich. Immer noch du. Ich hatte auf die Schnelle keine anderen. Du lässt dir die Haare so herrichten wie die Frisur im Reisepass. Und du rasierst dich. Kleidest dich neu ein. Gut, aber nicht auffällig. Kaufst einen Reisekoffer. Dort hinein kommt Kleidung für einen längeren Urlaub. Du wirst nämlich nicht nur für einige Wochen nach Tahiti fliegen. Musst mindestens ein halbes Jahr dort bleiben.

Wolf lehnte sich zurück, verschränkte seine Hände im Nacken, sah hoch zur Decke und lächelte. Ich ließ ihm Zeit. Erst als er sich mir wieder zuwandte, redete ich weiter.

Sollte er sich auf der Fahrt nach Paris ausweisen müssen, was unwahrscheinlich war, sollte er nicht den Pass vorlegen, besser den Personalausweis herzeigen. Da seien die Kontrollen mehr flüchtig, würde das schlechtere Foto nicht unbedingt zu Nachfragen führen. In Paris dann, beim Buchen des Fluges und auf dem Flughafen, sollte er unbedingt den Reisepass vorlegen. Gleich nach der Landung in Papeete müssen beide Dokumente entsorgt werden, auf Nimmerwiedersehen. Klar, Wolf?

Kannst dich auf mich verlassen, Leo.

Wolf, ich beugte mich vor, sah ihm in die Augen, keinen Schluck, bis du auf deiner Insel bist. Sonst geht die ganze Sache schief.

Er hielt meinem Blick stand. Nickte.

Wer ist, er nahm den Personalausweis, dieser Hans-Dieter Arzberger? Er ist auch noch so alt wie ich.

Als er noch unter uns wandelte, war er nicht mal halb so alt wie du, Wolf.

Warum? Darf ich das fragen?

Du bist sein Double. Mit diesen Ausweisen fliegt der Mann ins Nirwana. Du verstehst?

Nein. Ist mir aber auch irgendwie egal.

Ich lächelte, griff in meine Jackentasche und schob ihm einen mehr als fingerdicken Stoß Scheine zu.

Reichlich Kohle, Wolf, sagte ich, um nach Tahiti zu gelangen. Mit allen besprochenen Vorbereitungen. In Papeete gehst du in die »Polynesische Bank«, fragst nach einem Monsieur Dupont. Sage ihm schöne Grüße von Leo. Genau dieser Satz ist der Schlüssel zu dem Geld, das Monsieur Dupont für dich verwaltet. Du wirst gut leben können, allerdings nicht auf großem Fuß.

Wolf warf den Kopf zurück. Lachte wie ein Verrückter. Nachdem er sich wieder beruhigt hatte, sagte er, noch mit Tränen in den Augen, er stehe jetzt schon wieder in meiner Schuld.

Falsch. Wir sind quitt, Wolf.

Genau das sind wir eben nicht, Leo. Du bist im letzten Moment aufgetaucht. Ich war kurz davor, vor die Hunde zu gehen.

Gut, dass du noch mal auf das Thema kommst. Keinen Tropfen mehr, auch wenn alle Teufel in dir schreien.

Leo, ich werde mir doch meinen Traum nicht vernebeln.

Er solle seinen Vermieter anrufen, ihm sagen, dass er einer familiären Notsituation wegen sofort wegmüsse. Die letzte Miete solle er auf den Tisch legen.

Dann brachte ich ihn dazu, in seiner Wohnung klar Schiff zu machen.

Er sah sich mit panischem Blick um.

Ein wenig, Wolf, nur nicht übertreiben, wäre auffällig.

Als wir uns später mit einem Händedruck trennten, sagte er grinsend, morgen früh beginne sein neues Leben.

Schon hatte ich die Hand am Griff der Wohnungstür, als ich noch einmal zurückging, um den leeren Plastikbeutel an mich zu nehmen.

Gute Reise, Wolf.

Alles klar, Leo. Danke dir.

Keinen Blödsinn, Wolf. Ganz offen: Jeder deiner Schritte, bis du in den Flieger steigst, wird im Auge behalten.

Wolf war keineswegs beleidigt.

Bist immer misstrauisch gewesen, Leo.

Vertrauen ist gut und so weiter.

Er kenne den abgedroschenen Spruch.

Er kam zu mir an die Tür, umarmte mich und ich klopfte ihm in kurzem Takt leicht auf den Rücken.

Nein, ich saß nicht auf heißen Kohlen. Aber eine gewisse Anspannung war latent vorhanden. Nicht nur einmal dachte ich an Wolfs Weg nach Paris und weiter in die Südsee. Würde er es tatsächlich schaffen, dem Alkohol zumindest für diese relativ kurze Zeit zu widerstehen?

Er schaffte es.

Eine Mail von Monsieur Dupont bestätigte mir Wolfs Ankunft auf der Insel: Ein sympathischer, alerter Mann habe vorgesprochen, den üblichen Willkommensdrink jedoch freundlich, aber bestimmt abgelehnt.

Respekt, Wolf. Allerdings werde ich auch jetzt nicht meine Hand für dich ins Feuer legen. Du wirst der Versuchung nicht aus dem Weg gehen können. Auf Dauer.

31

Ich bin mit Recherchen zu meinem nächsten Buch beschäftigt. Surfe kreuz und quer durch das Internet. Komme gut voran.

Der Plot verliert allmählich seine Kanten, schon wage ich, in die Seitenwege der Handlung hineinzuspekulieren.

Da ruft mich Paula an. Sie hat für mich einen Termin in einer kleinen Privatklinik am Englischen Garten vereinbart. Übermorgen um elf Uhr habe ich das erste Gespräch mit Professor Dr. Winkler.

Muss das wirklich sein, Paula?

Mir zuliebe, Leo.

Das ist ein Argument, dem ich nicht widersprechen will. Aber doch eine ideale Gelegenheit, um zu versuchen, mir einen lang gehegten Wunsch zu erfüllen: Eine Reise mit Paula.

Wenn alles gut geht, lade ich dich zu einer Reise ein. Einverstanden, Paula?

Einen Moment ist es still. Wohin möchtest du gerne, bohre ich nach.

Barcelona, Leo?

Eine wunderschöne Stadt, Paula.

Gut, Leo.

Das ist mir ein Trost auf meinem Weg nach Canossa.

Sie lacht leise und legt auf.

Ich sitze am Schreibtisch und bin tatsächlich plötzlich fest überzeugt, den Termin meiner Endstation zu kennen. Ich kann mich nur noch schwer konzentrieren. Das tue ich mir nicht an. Mache den Laptop aus. Beschäftige mich mit meiner Sammlung.

Bevor ich mich auf den Weg zu den Weilnböcks mache, gehe ich durch den Rosengarten, sehe mich um, als sei es das letzte Mal.

Während des Essens lasse ich mir nichts anmerken. Nachher misslingt mir sogar meine Siesta. Kaum habe ich mich hingelegt, stehe ich schon wieder auf, gehe hinüber in die Bibliothek, hole mir Thomas Manns *Tod in Venedig*. Bereits auf der ersten Seite scheitert auch dieser Versuch. Für diesen Text muss man voll auf Draht sein.

Meine Gedanken treiben sich ganz woanders herum.

Während der Tage, an denen ich den Kastlerhof durch das Fernrohr beobachtete, suchte ich ständig nach der richtigen Art, Hans-Dieter ruhigzustellen. Es musste ein todsicherer Weg sein. Was auch immer mir einfiel, hielt einer näheren Prüfung nicht lange stand. Drüben tobte jeden Abend der Bär. Von nichts ließen die sich beeindrucken. So schien die Hoffnung auf ruhige Abende müßig. Schon durchstöberte ich die Bibliothek nach Kriminalromanen, um mir quasi in der Fachliteratur Anregungen zu besorgen. Leider musste ich feststellen, dass ich kaum Krimis besitze, was sich als unerwartete Nachlässigkeit herausstellte.

Doch noch bevor ich in München in einer großen Buchhandlung zum Stöbern kam, bot sich mir eine mögliche Lösung an.

Wie spät auch immer, seine Kumpane hatten den Hof schon mit Motorengedröhn hinter sich gelassen, lief Hans-Dieter. Joggte im Dunkeln durch den Wald. Reiner Zufall, dass ich es überhaupt mitbekam. Auf dem Rückweg von Korbinian, wo ich länger war als geplant, befand ich mich gerade im tiefen Schatten einer Hecke, als ich jemanden herankeuchen hörte. Dann sah ich den Läufer deutlich gegen den helleren Himmel. Hans-Dieter. Ich wusste in diesem Moment, dass er mir den richtigen Faden in die Hand drückte. Jetzt musste ich ihn nur noch festhalten. Die Idee summte wie eine sture Fliege durch meine Gedanken.

Am kommenden Abend stand ich an der gleichen Stelle und wartete, bis er kam. Er schnaufte heran und rannte weiter in die Dunkelheit hinein. Ich hatte seine sportliche Betätigung nur nicht bemerkt, weil ich den Hof in der Dunkelheit nicht beobachtete. Weshalb auch?

Ich musste zunächst einmal eruieren, ob meine Idee ausbaufähig war. Musste als Erstes seinen Weg durch den Wald verfolgen.

An den nächsten Abenden stand ich, immer ein Stück weiter oben, unter den ersten Bäumen. Ganz in Schwarz gekleidet, einen breitkrempigen Hut tief in der Stirn. Als er kam, lief er, für mich nichts als ein Schatten, nur wenige Schritte entfernt an mir vorüber. Wenn ich ihn nicht mehr hörte, bewegte ich mich vorsichtig parallel zum Weg in fast völliger Dunkelheit in seine Laufrichtung. Ich hatte erst eine kurze Strecke geschafft, als ich ihn schon zurückkommen hörte, schwer atmend. War er gespurtet? Wie machte er das mit so gut wie keiner Sicht? Jede kleine Unebenheit musste ihn unweigerlich von den Beinen holen.

Ich fand erst einmal keine Erklärung.

Nach einigen Tagen, meinem Ziel nicht nähergekommen, wählte ich eine andere Strategie. Ich wartete neben dem Weg, dort wo er anzusteigen begann, folgte ihm, als er vorüber war, auf dem Weg, wo das Restlicht gerade mal zum Laufen, aber ganz gewiss nicht zum Sprint ausreichte. Fast auf der Höhe, irgendwo vor mir in der Schwärze stand der Turm, musste ich unter die Bäume zurückweichen. Ein tanzendes Licht kam auf mich zu. Und schon keuchte Hans-Dieter an mir vorüber. Sein Atem ging wie ein Dampfhammer. Ich sah ihm nach, sah dorthin, wo er in der Nacht verschwand. Er trug also eine Stirnlampe, die ihm, wenn er ihn erkennen musste, den Weg zeigte.

Schon am nächsten Abend erwartete ich ihn im Schatten des Turms. Auf einmal war er da und zeigte mir, was er machte, um so außer Puste zu geraten. Er hetzte die unteren steinernen und die oberen eisernen Stufen des Turms hinauf und wieder herunter. Zwei Mal. Auch eine Art von Jogging. Und dafür brauchte er natürlich die Lampe. Schon hechelte er aus dem steinernen Bogen heraus und ließ sich von der Nacht verschlucken.

Die Synapsen in meinem Kopf schalteten sich zusammen und es machte endlich klick.

Der Unruhestifter würde seine Strafe bekommen.

32

Ein Gedanke ist unruhig in meinem Kopf unterwegs, macht mich wach. Es ist nur eine kleine, allerdings wichtige Szene in meinem neuen Roman. Bevor ich meine, wieder wegzudämmern, schwinge ich die Beine aus dem Bett. Auf dem Block, der immer neben meinem Bett liegt, notiere ich mit wenigen Worten meine Traumsequenz, damit halte ich sie fest, erinnere mich am Morgen nicht mehr nur vage, wenn überhaupt, an sie.

Für eine kurze Weile bleibe ich am Fenster stehen und sehe in die Nacht hinaus. Es regnet ganz fein.

Wie aus dem Nichts kommt mir der Termin bei Professor Winkler in den Sinn. Ich tapse zurück in mein Bett. Noch ein ganzer Tag, geschenkte Zeit, liegt vor mir. Ich überlege, wie ich ihn verbringen möchte. Eine Frage kommt mir in den Sinn: Ergeben meine Romanvorbereitungen denn überhaupt noch einen Sinn?

Ich schlafe wieder ein.

Nach dem Frühstück und der Zeitungslektüre entschließe ich mich spontan zu einem Besuch bei Magdalena.

Sie sitzt an der Nähmaschine. Freut sich, mich zu sehen. Bietet mir einen Korbstuhl am Fenster und eine Tasse Tee an. Zunächst sprechen wir über dies und das, alle paar Sätze springen wir zu einem neuen Thema.

Dann fragt sie mich nach meinem neuen Buch.

Recherche und erste Notizen. So der Stand meiner Arbeit.

Verrate ich ihr, worum es gehen wird?

Um das globale Monopolyspiel mit der Kunst, speziell der afrikanischen.

Da würde ich mich ja auskennen, lacht sie.

Ich schränke ein, mein bescheidener Beitrag zu dem großen Spiel reiche längst nicht aus für einen unterhaltsamen Roman. Darum die Recherche. Um einen spannenden Plot zu basteln.

Aus unserer Unterhaltung entwickelt sich eine anregende Diskussion. Immer wieder überrascht sie mich mit konträren Sichtweisen zu bestimmten Punkten in meinem Plan. So versorgt sie mich mit leichter Hand mit neuen Inspirationen.

Erst als ich schon im Aufbruch bin, sage ich Magdalena, dass ich für zwei Tage in die Klinik gehe, um mich durchchecken zu lassen. Sie schaut mich mit großen Augen an. Routine, beruhige ich sie, in meinem Alter sollte man das regelmäßig tun.

Wir lächeln uns an.

Am Nachmittag spielen Korbinian und ich Schach. Auch ihm erzähle ich von meinem Ausflug nach München. Martha hat es ihm erzählt. Sie weiß es von mir.

Am frühen Abend packe ich einen kleinen Koffer. Obenauf lege ich das schmale Bändchen *Der Tod in Venedig* und mein Notizbuch.

Ich fahre mit meinem Wagen. Die Klinik hat eine Tiefgarage. Nach dem Gespräch mit Professor Winkler habe ich viel Zeit. Es ist ein ganz anderes Zeithaben als im gewohnten Alltag. Ich lese wenig, schreibe wenig, nur einige knappe Notizen. Wandle lange Strecken durch die ruhigen, hellen Flure der Klinik, spaziere im kleinen Park die Kieswege im Kreis, lasse mich hier und da in eine kurze Unterhaltung mit anderen Patienten ein. Erscheine, wie nach einem Fahrplan, pünktlich zu den verschiedenen Untersuchungen.

Am zweiten Tag, mittags, sitze ich dem Professor in dessen Büro, mit Blick in den Park, gegenüber. Lächelnd teilt er mir mit, alle Untersuchungen hätten nichts Auffälliges ergeben. Glückwunsch. Meine körperliche Fitness strafe mein biologisches Alter Lügen, scherzt er.

Ich danke ihm. Von meiner inneren Gewissheit, die so ganz anders lautet, gebe ich ihm natürlich keine Kenntnis.

Dann, was wohl zu diesen Gesprächen gehört, kommt er ins Plaudern. Sagt mir, zu gerne hätte er Doktor Fratelli in seiner Klinik. Sie kennen Frau Doktor gut, nicht wahr?

Seit ihrer Kindheit.

Kurz darauf stehen wir in der schon geöffneten Tür, haben uns bereits die Hände gereicht.

Ich solle regelmäßig zu ihm zum TÜV kommen, gibt er mir mit auf den Weg.

Ich deute ein Lachen an. Er mag es als Zustimmung nehmen.

33

Ein wie im Haschrausch bunt bemalter VW-Bus, der unmittelbar Bilder der Hippiezeit aus der Vergangenheit zaubert, rollt draußen vorbei und stoppt vor den Garagen. Ich sitze am Schreibtisch, sehe gespannt hinaus, wer da wohl aussteigen wird.

Oh, welch eine Überraschung.

Magdalena kommt um das betagte Vehikel herum. Wo hat sie das denn her? Es muss bei ihr in dem Schuppen hinter dem Haus stehen, vermute ich mal.

Ich gehe zur Tür, lasse meine Blicke zwischen meiner Besucherin und dem Bus hin und her springen. Sie schaut amüsiert über ihre Schulter zurück.

Mein treuer Begleiter seit vielen Jahren, stellt sie vor, der Einzige, auf den immer Verlass war.

Ich bitte sie ins Haus.

Was darf ich ihr zu trinken anbieten?

Tee, bitte.

Während ich in der Küche herumhantiere, lehnt sie locker am Kühlschrank. Heute ist sie in einen weiten grünen Kaftan gehüllt.

Darf sie sich erkundigen, was der Onkel Doktor gesagt hat?

Ist sie deswegen hier?

Das Wohlergehen eines Freundes sei ihr wichtig.

Eine leichte Röte entdecke ich auf ihren Wangen.

Alles bestens, Magdalena. Ich danke für die Nachfrage.

Auf der Terrasse bleibt sie erst einmal stehen, lässt ihre Blicke spazieren gehen. Als sie dann sitzt, nach dem ersten Schluck Tee, beschreibt sie elegant mit dem linken Arm einen Halbkreis.

Wahrlich ein kleiner Garten Eden.

Mein Refugium, Magdalena.

Die Geschichte ihres bunten Busses, die sie mir erzählt, ist die einer jahrzehnte- und unzählige kilometerlangen, turbulenten Tour durch Europa.

Nach dem Tee führe ich sie durch mein Haus, zeige ihr meine Sammlung. Wir stehen gerade vor einer von Korbinians Arbeiten, als sie sagt, was sie gehört hat. Der Kastlerhof würde nicht verkauft, sondern vermietet werden. An ein Tonstudio und einen Blumenhändler.

Ich lächle still eine afrikanische Figur an.

Das sei mir wohl nicht neu, oder?

Ich nicke und sage, ich wüsste es von Martha.

Sie lacht. Da hätten wir beide die gleiche Quelle, sagt sie.

Dann fragt sie mich, ob ich hinüber zum Kastlerhof sehen kann.

Ich präsentiere ihr eine Verschwörermiene, führe sie nach oben in die Dachkammer, zeige zum Hof und zum Fernrohr. Sie beugt sich vor und schaut eine Weile durch das Okular. Ich sehe auf ihren gebeugten Rücken und zum Fenster hinaus.

Eine Collage schneller Bilder rauscht an meinem inneren Auge vorüber: Es brauchte eine Reihe von Tagen, bis Hans-Dieters Verschwinden zu einer Tatsache für seinen Hofstaat wurde. Seine Kumpels sausten weiter auf dem Hof herum. Die Abwesenheit des Hausherrn schien sie zunächst kaum zu wundern, noch nicht. Erst nachdem die Polizei erschien, war die ganze Bande plötzlich wie weggezaubert. Nichts geschah mehr dort drüben. Es war wieder hörbar still im Weiler.

Die Polizei kam auch zu mir. Ich sagte den Beamten, was ich wusste. Und das war nicht viel.

Ab diesem Zeitpunkt tat sich nichts mehr. Bis dann die haussuchende Dame auftauchte.

Magdalena richtet sich auf, schaut mich an.

Wo ist dieser Knallkopp hin?

Ich nehme ihre Frage als rein rhetorisch.

Ich denke, er hat eine weite Reise angetreten, sage ich.

Er ist tot, nicht wahr?

Magdalena kann logisch denken. Vorsicht ist geboten.

Leo, haben Sie den Kerl verschwinden lassen?

Das ist aber jetzt eine sehr direkte Frage, denke ich.

Bin ich ein Zauberer?

Sie schaut mir in die Augen. Sagt: Ich traue es Ihnen zu.

Mein Motiv, Magdalena?

Er störte Ihre Ruhe.

Ich lächle in ihre Augen.

Später sitzt sie hinter dem Steuer, das Seitenfenster heruntergekurbelt.

Ich sage ihr, dass ich demnächst verreise.

Wann ist demnächst?

Ich werde bei ihr vorbeisehen, sobald der Termin fix ist.

Der Bus rollt die Auffahrt hinunter. Ihre linke Hand winkt aus dem Fenster.

Sie wollte nicht einmal wissen, wohin du fährst, nörgelt meine innere Stimme.

34

Dieser Abend zeigte sich wie bestellt für sein Vorhaben. Kein Mond, keine Sterne am Himmel, nur eilig dahinziehende dunkle Wolken. Im Wald war die Hand kaum vor den Augen zu sehen. In schwarzem Kapuzenpulli mit Sturmhaube und Stirnlampe schlich er durch den Wald, vor allem darauf bedacht, niemandem unverhofft in die Arme zu laufen. Das wäre ein zu dummer Zufall, wenn auch noch kein Unglück, würde aber das Gerede füttern.

Er erreichte den Turm, lauschte in die Nacht, stand reglos in fast völliger Stille. In einem kaum zu ahnenden schwarzblauen Licht.

Langsam, vorsichtig, Stufe für Stufe stieg er, so gut wie blind – seine Lampe hatte er nur für den Notfall gedacht – den Turm hinauf. Das dauerte seine Zeit, von der er reichlich hatte. Oben strich ein leichter Wind über die Plattform. Im letzten Licht des Tages schwebten eine Handvoll weiße Segel über den See. Drüben auf der anderen Uferseite waren schon die gelben Perlenschnüre der Straßenbeleuchtung und die verstreuten Lichter der Häuser zu sehen. Aus der Höhe des Aussichtspunktes wirkte das alles wie eine abendliche Spielzeuglandschaft.

Für ihn begann die Zeit des Wartens. Zeit auch, um noch einmal den vorausbedachten Ablauf minutiös durchzugehen. Nein, lautete sein Ergebnis, es gab keine schwache Stelle. Doch schon bald musste er einsehen, dass er nicht alles beeinflussen konnte. Kippte nur ein Parameter, wackelte das ganze Unternehmen. Vor seinen Augen spielte sich ab, was er so gar nicht wollte. Im Widerspruch zur Vorhersage der Wetterfrösche verzogen sich nämlich die Wolken. Es sah aus, als würde der dunkle Theatervorhang zur Seite gezogen. Im Samtblau blinkten die Sterne wie winzige Lämpchen. Eigentlich wunderschön, richtig romantisch. Aber gerade jetzt konnte er diese Schönheit gar nicht gebrauchen. Gut war alleine, dass nicht auch noch der Mond den Zuschauer geben wollte. Er sollte sich erst später zeigen.

Nach einer guten halben Stunde zogen wieder Wolken heran, wurden allmählich dichter, ließen nur hier und da Sterneninseln frei.

Die Bewegung am Fuß des Turms war von oben kaum zu ahnen, schon gar nicht zu sehen. Er war sicher, Hans-Dieter war im Anmarsch. Noch ein, zwei Minuten hatte er, dann würde dieser Knilch endlich Ruhe geben, die Diktatur des Lärms gehöre der Vergangenheit an. Schon waren die schnellen Schritte auf den Eisenstufen deutlich zu unterscheiden. Der Mann zog sich in den Schatten neben der Tür zurück.

Zuerst huschte der Lichtstrahl über die Plattform. Er sah Hans-Dieters Rücken, das Licht tanzte hin und her, zeigte dann gen

Himmel, als Hans-Dieter schwer atmend nach oben blickte. Er schnappte regelrecht nach Luft. Machte dann zwei Schritte nach vorne, stützte sich mit beiden Händen gegen die Brüstung, ließ den Kopf hängen, das Licht der Stirnlampe schnitt die weißen Sportschuhe aus dem Dunkel.

Bevor der Mann hinter ihm aktiv werden konnte, richtete sich Hans-Dieter plötzlich wieder auf, drehte sich zur Seite und verschwand durch die Tür.

Chance vertan?

Aber nicht doch.

Hans-Dieter joggte im Turm. Würde gleich erneut auf der Plattform erscheinen. Dann aber musste es sein. Einen dritten Lauf würde Hans-Dieter nicht starten.

Der Atem Hans-Dieters klang im Schacht verstärkt wie das Röcheln eines Asthmatikers, dumpf und schwer. Er taumelte regelrecht ins Ziel. Griff sofort nach der Brüstung, stand breitbeinig da, seine Bronchien pfiffen.

Jetzt. Der Mann trat aus den Schatten der Tür, packte Hans-Dieter zwischen den Beinen, riss ihn hoch und stieß ihn ins Leere.

Hans-Dieter musste wie gelähmt gewesen sein. Keine Reaktion von ihm, nicht ein Laut kam über seine Lippen. Stumm verschwand er im schwarzen Abgrund.

Der Aufschlag, gedämpft, irgendwie fern, piano, wie durch eine Wand aus Watte. Das Licht von Hans-Dieters Lampe strahlte schräg aufwärts in die Bäume.

Der Mann an der Brüstung stand regungslos, meinte, die ganze Welt befände sich im Schwanken. Seine Finger waren um die kalte Stange des Geländers gekrallt. Für lange, gedehnte Momente schien er neben sich zu stehen, sah einem Fremden zu, der in die Tiefe starrte. Langsam, wie in Zeitlupe, wandte er sich um. Sah sich selbst zu, wie er durch die Tür zur Treppe stakste.

Vorsichtig musste er sein, sich konzentrieren. Vor ihm war es total finster, kein Restlicht von irgendwoher. Die Lampe wollte er nicht einschalten. Vorsicht ist die Mutter der Porzellankiste. Am Hand-

lauf tastete er sich Stufe für Stufe abwärts, bei jedem Schritt darauf gefasst, ins Leere zu treten. Gefühlt benötigte er eine Ewigkeit. Als er endlich ins Freie trat, blies er die Backen auf und ließ unhörbar die Luft wieder entweichen. Mit schnellen Rundumblicken orientierte er sich. Sah zu dem schmalen Lichtbalken, der schräg die Dunkelheit durchschnitt. Mit ein paar Schritten war er bei Hans-Dieter, kniete sich neben ihn. Knipste als Erstes das Licht aus. Wenn Hans-Dieter in den harten Boden vor dem Turm blutete, dann sah er es nicht. Er tastete nach der Halsschlagader, zog seine Hand nach wenigen Momenten wieder zurück.

Kein Zweifel mehr: Der Störenfried war aus dem Spiel genommen, final zum Schweigen gebracht.

Gerade als er sich aufrichten wollte, nahm er, rechts von sich, eine Bewegung wahr. Bewegungslos, wie zu einer Salzsäule erstarrt, ließ er den Schatten, der im Tintenlicht kaum auszumachen war, nicht aus den Augen. Dieser Mensch stand ebenfalls still, lauschte vermutlich und versuchte die Dunkelheit mit Blicken zu durchbohren. Durfte er, solange er nicht näher kam. Kaum war der Gedanke gedacht, da bewegte sich die Person, kam tatsächlich in seine Richtung.

Konnte es wirklich solch einen blöden Zufall geben, der genau in diesem kurzen Zeitraum einen Menschen nahe dem Turm, an genau der falschen Stelle, herumlaufen ließ?

Plötzlich, wie ein Spuk, war die dunkle Figur weg, wie ausradiert, wie nie gewesen.

Der Mann, der neben Hans-Dieter kniete, atmete durch.

Die Situation hatte sich allerdings total verändert. Hans-Dieter konnte jetzt natürlich nicht mehr einfach so liegen bleiben, einen Unfall vorgaukeln, vom Turm gestürzt. Der Unbekannte hatte nur einen Schatten gesehen, mehr nicht, doch das Risiko war hoch, zu hoch, der Hauch eines Getuschels konnte leicht ein loderndes Feuer anfachen.

Hans-Dieter musste weg. Wohin mit dem Toten?

Plan B.

Die Felsspalte.

Korbinian hatte ihm die Felsen im Wald gezeigt. Neulich, beim Nachdenken über Plan B, hat er sich bei einem Erkundungsgang die Spalten noch einmal genau angesehen. Sie wären genau das richtige Grab für Hans-Dieter. Er verschwände von der Bildfläche. Für immer. So malte er es sich aus.

Jetzt musste es schnell gehen, musste der Mann doch damit rechnen, dass die Person zurückkam, möglicherweise nicht alleine.

Er beugte sich vor, griff unter den Körper, nahm Hans-Dieter hoch. Die Last war leichter als gedacht, was sich bereits nach wenigen Schritten als Trugschluss erwies. Noch nicht richtig zwischen den Bäumen, musste er ihn auf dem weichen Waldboden ablegen. So ging es nicht. Obwohl es nur ein Katzensprung war, war es doch zu weit, den Toten so zu tragen, auf den Armen durch die Dunkelheit. Tief atmete er durch, bugsierte sich Hans-Dieter auf die Schulter. Und schaltete jetzt seine Lampe ein. Notgedrungen musste er es wagen. Zwischen den Bäumen war das Licht ohnehin nicht weit zu sehen. Hoffte er.

Mit seiner Last stapfte er in Richtung Felsen. Es würde noch eine harte Sache werden, den richtigen Ort zu finden. Hans-Dieter, noch im Tod bösartig, schien mit jedem Schritt schwerer zu werden. Schritt um Schritt kam er den Felsen näher. Jeden Augenblick musste der Wald lichter werden. Der Schweiß war kalt unter der Sturmhaube. Das Gesicht juckte. Die Augen brannten.

Da waren die Felsen, schälten sich schwach aus der Nacht. Endlich.

Nein, es wurde keineswegs leichter, zwischen den Felsen voranzukommen. Eher schwieriger. Zwei Mal kam er auf dem feuchten Moos fast zu Fall. Mit dem Toten auf der Schulter konnte er nicht hier herumturnen, um nach der Spalte zu suchen.

Also legte er Hans-Dieter in der Lücke zwischen zwei kleineren Felsbrocken ab und versuchte, den gangbarsten Weg zum Ziel ausfindig zu machen. Was seine Zeit brauchte. Auf einmal stand der Dreiviertelmond zwischen den Wolken. Er war nun willkommen, spendete er doch so viel Licht, dass er die Lampe abschalten konnte. Wartete einen Moment, bis seine Augen sich an die neuen Lichtverhältnisse gewöhnt hatten. Beim Weitergehen musste er aufpassen, die Spalte nicht mit einem Schatten zu verwechseln. Wer anderen eine Grube gräbt, fällt selbst hinein. Dieser Gedanke amüsierte ihn.

Dort war die schräge Birke, die auf einem Felsen wuchs, der der Spalte gegenüberlag. Er stand davor, leuchtete sie kurz aus. Dabei kam seine Hand in den Lichtkegel. Blut. Die ganze Hand war blutig.

Er fand einen Pfad, auf dem er Hans-Dieter relativ bequem tragen konnte.

Mit der Schulter lehnte er am Stamm einer jungen Birke. Gerade war Hans-Dieter in der Spalte verschwunden. Klitschnass geschwitzt war er jetzt und zufrieden.

Was wäre denn nachzuweisen, sollte Hans-Dieter jemals gefunden werden? Plan B gefiel ihm immer besser. Vor allem gefiel ihm, dass wieder Ruhe einkehren würde, Ruhe, wegen der er nach Kimmling gekommen war. Allein der unbekannte Schatten war ein Wermutstropfen. Nur ein Tropfen, der ihn kaum beunruhigte, hatte er doch auch sein Gutes, hatte er doch Plan B ausgelöst.

Zweiter Teil

1

Zum ersten Mal verbringen Paula und ich eine ganze Nacht zusammen in der Suite. Es ist die Nacht vor unserer Reise nach Barcelona. Paula ist fröhlich wie ein Kind, das in die großen Ferien fliegen darf.

Nach dem Frühstück bringt uns ein Taxi zum Flughafen. Die Zeit bis zum Boarding nutzen wir zu einem Bummel durch die Läden.

Barcelona kenne ich recht gut. So gut eben, wie ein Fremder eine große Stadt kennen kann. In der Hauptstadt Kataloniens hat »Pythagoras« seine iberische Niederlassung. Ich habe mich dort nicht angemeldet und habe auch nicht vor, mich sehen zu lassen. Unser Hotel, in dem ich immer abgestiegen bin, wenn ich in der Stadt war, hat nicht nur eine schöne, sondern auch eine günstige Lage nahe dem Park de la Ciutadella mit Blick zum Jachthafen und auf das Meer.

Paula hat sich einen dicken Reiseführer gekauft, eingehend studiert, mit gelben Klebezetteln strukturiert. Ich bin ihr Begleiter zu den Orten, die sie sehen will, Berater, besser Anstifter zum Besuch besonderer Attraktionen, Führer zu den magischen Punkten dieser wunderbaren Stadt. Wie der Besuch im Hotel »W«, mit dem unvergleichlichen Blick durch die Panoramafenster der Bar im sechsundzwanzigsten Stock. Und der Taxifahrt hinauf zum Tibidabo mit seiner atemberaubenden Aussicht auf die tief unten liegende Stadt. Ich sah Paulas staunenden Blick auf die dort oben stehende, im Zuckerbäckerstil erbaute Basilika Sagrat Cor, als könne sie ihren Augen nicht recht trauen. Den Ausflug mit der Seilbahn auf den Zauberberg Montjuïc. Spaziergang durch die verschlungenen engen Gassen des Barri Gòtic. Unser Weg durch den Stadtteil La Ribera zur Basilika Santa Maria del Mar, einem wunderbaren Bauwerk der katalanischen Gotik. Paula hat die Ramblas an die erste Stelle ihrer Agenda gesetzt. So ist die breite Platanenallee, die von der Plaça de Catalunya zum Hafen führt, unser erstes Ziel. Der quirligen Lebhaftigkeit dieser Fußgängerzone stehen die reglosen, wie verzauberten Gestalten gegenüber, die den Betrachter vor allem durch ihre Körperbeherrschung verblüffen.

Wir bummeln am Stadtstrand entlang, den es vor den Olympischen Spielen 1992 nicht gab. Bestaunen die Sagrada Familia, diesen noch immer im Bau befindlichen steinernen Geniestreich des Architekten Gaudí. Flanieren auf dem Prachtboulevard Passeig de Gràcia, an dem mehr hervorragende Restaurants liegen als wir Abende haben, um dort sehr gut zu essen.

Auf unseren Streifzügen durch Boutiquen, Galerien, Buchhandlungen, Antiquariate, Kaufhäuser vernachlässigen wir nicht die kleinen Pausen in Straßencafés oder einfach nur zum Sitzen und Schauen auf Bänken im Halbschatten.

Jede Stunde genießen wir wie ein Geschenk, wenn auch von einer unschönen Episode zu erzählen ist. Nein, ein wirklicher Missklang dieser wunderschönen Tage ist sie nicht. Mehr kommt ihr der Rang einer unguten Störung zu, für mich zudem als Denksportaufgabe.

Also hier ist die Episode in Langform:

In der Hotellobby fällt mir ein Mann auf. Ich sehe ihn nur von hinten. Er ist untersetzt, trägt einen Panamahut. Ich bleibe stehen. Weiß nicht einmal, weshalb. Es ist nur ein Gefühl. Ich meine nämlich zu wissen, wer er ist. Sofort meldet sich in meinem Kopf eine misstrauische Frage: Kann es diesen Zufall tatsächlich geben?

Obwohl ich nicht einmal sein Gesicht sehen kann, folge ich dem Mann durch die Lobby und die Drehtür hinaus auf den Vorplatz. Der Mann steigt in eines der wartenden Taxis, wendet sich mir für den Bruchteil einer Sekunde zu, so als wolle er sich meiner Aufmerksamkeit versichern, die Tür fällt zu, das Auto rollt an. Durch die getönten Fenster vermag ich das Gesicht nicht mehr zu erkennen.

Sein kurzer Blick hat mir genügt. Zu dumm von ihm.

Als ich an den Empfang trete und der Portier mir einen Umschlag reicht, nimmt das Spiel seinen Fortgang. Ich mache einige Schritte zur Seite, hin zur Treppe, um die Mitteilung zu lesen. Auf einem Hotelbriefbogen stehen nur drei Zeilen: Die Aufforderung zu einem Treffen. Ort und Zeitpunkt. Die Unterschrift H-D Arzberger. Alles in Druckbuchstaben.

Was soll dieser Unsinn? Hans-Dieter gibt es nicht mehr. Sein Grab ist eine Felsspalte nahe Kimmling. Weshalb die Inszenierung solch einer Scharade? Was soll damit bezweckt werden? Interessante Fragen. Die ich beantworten muss. Irgendwie beginnt diese Angelegenheit, mir schon Spaß zu machen.

Ich falte den Zettel zusammen, stecke ihn in die Hosentasche. Nicke dem Portier zu, der noch immer herübersieht, so als erwarte er eine Antwort von mir. Ich nehme den Lift nach oben. Setze mich bequem ans Fenster, sehe hinaus aufs Meer, auf dem die Sonne liegt, und denke nach. Und warte auf Paula, die sich im Wellnessbereich des Hotels verwöhnen lässt.

Später spazieren wir hinüber zur Marina, wo wir uns auf der Terrasse eines guten Fischrestaurants einen schönen bunten Teller Tapas munden lassen.

Ich habe Paula von dem neuen Spiel nichts gesagt. Ich manipuliere die Stunden vor dem Treffen so, dass ich vor Ort bin und Paula außer Sichtweite sein wird.

Ohne Eile bummeln wir Hand in Hand die Ramblas hinauf. Immer wieder lässt mich Paula im Schatten einer Platane stehen, um einen schnellen Blick in einen der Läden zu werfen. Wie ich auf meine Armbanduhr, die mir jedes Mal bestätigt, dass der Zeitrahmen noch stimmt. Paula kehrt immer wieder mit leeren Händen zu mir zurück. Sie will nicht kaufen, nur schauen.

Die Plaça de Catalunya ist bereits in Sichtweite. Vor uns lockt der breite Zugang des großen Kaufhauses zum Eintritt. Paula war schon einmal drinnen. Sie lehnt sich an mich, sieht mich mit großen Augen an. Ich verstehe ihre stumme Frage, habe damit gerechnet. Ich nicke ihr zu und zeige auf das Café, in dem ich auf sie warten werde. Sie darf sich ruhig Zeit nehmen. Paula haucht mir einen Kuss auf die Lippen. Ich sehe ihr nach, bis sie im Strom der Passanten im Kaufhaus untertaucht.

An einem Pressestand kaufe ich eine englische Zeitung. Kurz darauf betrete ich das Café, den angegebenen Treffpunkt, sehe mich um, keine männliche Person kommt mir bekannt vor, niemand sieht sich offen oder versteckt nach mir um. Ich lasse mich an einem Tisch am Fenster nieder. So sehe ich über den weiten Platz und kann den Eingang im Auge behalten. Hier habe ich wieder Muße zum Denken. Beschäftige mich mit solchen Fragen wie: Wieso ahnt er, was mich mit Hans-Dieter verbindet? Woher weiß er von dieser Reise? Kennt unser Hotel?

Obwohl das die richtigen Fragen sind, fliegen mir keine schnellen Antworten zu. Das Drehen der Fragen in alle Richtungen, das dick Bestreuen mit Fantasie, bringt mich nicht weiter, liefert keinen Ansatz zu neuen Erkenntnissen.

Ich halte immer noch keinen roten Faden in der Hand, als Paula das Café betritt. Der mir genannte Zeitpunkt ist lange überschritten. Ich bin die ganze Zeit am Fenster gesessen und niemand hat sich für mich interessiert. Er wird sich amüsieren, irgendwo. Ich hatte es allerdings so vermutet. Das gehört eben zu seinem Rätselspiel, dessen Sinn allein darin besteht, mich nervös, unsicher zu machen. Damit hat der Spielführer aber auf das falsche Pferd gesetzt. Er kennt mich nicht. Sein Plan ist alles andere als gut und schon gar nicht beunruhigend, ist beinahe lächerlich. Gespannt, nicht einmal so richtig neugierig bin ich darauf, ob in Barcelona ein weiterer Kontakt zum Spiel gehören soll. Es wird sich zeigen, dass nicht.

An den letzten beiden Tagen unternehmen wir Ausflüge mit dem Auto, in die Berge, nach dem malerischen Ort Castel de Fels, nach Sitges, Tarragona, hinauf zum Kloster Montserrat. Dann gehen auch diese kurzen, schönen Ferientage zu Ende.

2

Den Koffer stelle ich neben dem Treppenaufgang ab, beginne einen Rundgang, lasse meine Blicke prüfend wandern, bis ich mich wieder ganz zu Hause fühle. Verbringe eine Weile im Bad, kleide mich um und spaziere dann hinüber zu den Weilnböcks.

Martha ist keineswegs überrascht, als ich in ihre Küche trete und grüß Gott sage. Sie hat sich den Termin gemerkt, mich auch für das Essen eingeplant.

Korbinian arbeitet im Freien hinter dem Haus. Er ist sichtlich erstaunt, als ich plötzlich erscheine, grinst mich verlegen an. Erst nachdem wir einige Worte gewechselt haben, verlässt ihn diese eigentümliche Scheu und er ist wieder ganz der Alte.

Er zeigt zu dem schlanken hellen Klotz aus Lindenholz, dessen Rundungen, Ecken, mit der Axt herausgehauenen groben Kerben noch keinen Hinweis liefern, was der Künstler entstehen lassen will. Was ich nicht zu sehen vermag, beschreibt er mit Worten. Ich höre ihm zu, doch eine Form kann meine Vorstellungskraft nur sehr mangelhaft darstellen. Bin ich doch zu sehr Mathematiker, zu sehr der Logik verhaftet. Was mich erstaunt und auch freut, ist, dass es eine Arbeit für das Kloster sein wird. Ich höre den Stolz, den er hinter seinem verschmitzten Lächeln zu verstecken versucht. Ich lege ihm kurz die Hand auf die Schulter, lächle ihm zu. Er zeigt seine weißen Zähne, lässt die Axt, die er zur Hand genommen hat, locker mit seinem Arm schwingen.

Wie war deine Reise, Herr Doktor?

In Kurzform erzähle ich ihm von Barcelona. Paula, die mich noch nicht in Kimmling besucht hat, erscheint in meiner Prosa nicht. Wie auch die Begegnung in der Hotellobby kein Thema ist.

Bis Martha zum Essen ruft, sitze ich auf einem Hackklotz und sehe dem Freund bei der Arbeit zu. Als wir hinübergehen, sagt Korbinian, auf dem Kastlerhof seien sie dabei, das Tonstudio einzurichten. Und der Blumenhändler? Korbinian schüttelt den Kopf. Noch nichts.

Am späten Nachmittag, nach meiner Siesta und einer Stunde im Rosengarten, eine Zeit am Schreibtisch mit meinem roten Buch, mache ich den ersten Schritt, diese Scharade aufzulösen. Ich rufe Sepps Sohn Franz an. Die Leibl-Gemälde sind dazu mein Aufhänger. Er lädt mich ein und wir vereinbaren gleich einen Termin.

3

Ein schöner Ort. Bayern wie auf einem Hochglanzfoto. Kirche mit Zwiebelturm. Marktplatz mit alten Bäumen. Gegenüber der Kirche die Brauerei mit Wirtshaus. Eingerahmt von Rathaus und Apotheke. Im Kreis ein Haus prächtiger als das andere, die meisten mit Lüftlmalerei geschmückt.

Ich gehe einmal um den Platz, bleibe vor jedem Gebäude stehen, sehe es mir an. Dann erst betrete ich die Brauerei und frage nach dem Chef. Kurz darauf kommt ein stämmiger Mann auf mich zu, der mich sofort an den alten Sepp erinnert, der Sohn ähnelt dem Vater sehr. Mir ist sofort klar, Franz gehört genau hier her.

Er sei der Franz, sagt er, hält einen Moment meine Hand in der seinen, der Vater habe ihm von mir erzählt.

Franz dirigiert mich am Arm in den Biergarten. Im Schatten einer alten Kastanie nehmen wir Platz. Kaum haben unsere Hinterteile die Bank berührt, kommt eine hübsche Dralle im Dirndl heran und stellt erst mir, dann Franz einen Krug dunkles Bier hin. Franz lässt keine Zeit verstreichen, wir stoßen an und trinken.

Dann kommen wir zum Thema.

Die Bilder sind nicht mehr in Kimmling. Eine Cousine hat nachgesehen. Zu ihrem Verbleib kann Franz nichts sagen. Er hat in der Familie herumgefragt, gleich nach meinem Anruf. Niemand weiß etwas.

Was wird aus dem Hof?

Er wird nicht verkauft, sagt Franz.

Ich frage, wer diese Entscheidung getroffen hat.

Franz trinkt einen langen Schluck.

Hans-Dieter konnte die Steuer nicht bezahlen, auch nicht die laufenden Kosten bestreiten. War schon immer ein Hallodri mit Flausen im Kopf. So ist erst einmal er, Franz, eingesprungen. Die Vermietungen sind keine abschließende Entscheidung, halten aber zunächst einmal den Hof in Familienbesitz.

Was sagt Hans-Dieter dazu? Hat er sich überhaupt geäußert? Haben Sie denn Verbindung zu ihm?

Franz schaut mich von der Seite an. Er hat sich mit einer Mail gemeldet.

Was schreibt er, gebe ich mich offen neugierig.

Er legt keinen Wert auf den Hof. Zu viel tote Hose dort draußen.

Woher kam die Nachricht?

Franz zuckt mit den Schultern. Keine Ahnung. Kann auch nicht sagen, wie Hans-Dieter sich über Wasser hält. Sobald er total abgebrannt ist, wird er schon angeschlichen kommen. War immer so.

Steht außer Zweifel, dass Hans-Dieter die Mail geschickt hat?

Kein Zweifel, nein. Dass er sich auf diesem Weg meldet und was er schreibt, entspricht ganz der Art des Buben. Ist in vielem seinem Vater leider zu ähnlich.

Über das Glas hinweg sehe ich ihn fragend an.

Er hatte wenig Interesse an dem Jungen, auch wenig an meiner Schwester, dafür umso mehr an ihrem Vermögen. Sie kennen den Herrn. Wer in Bayern kennt ihn nicht? Gerade gehört er wieder einmal dem Kabinett an.

Ist Minister? Ich frage, obwohl ich ahne, von wem er spricht. Anton Kappler. Sepp hat mir gegenüber nie von diesen Familienbanden gesprochen. Wie Franz sagt, konnte sein Vater nicht mit Anton. Hielt ihn für einen Scharlatan, einen üblen Populisten, der den Leuten nach dem Maul rede, den Volkstribun spiele.

Kappler beherrscht offenbar die Noten des Stücks gut, gebe ich meinen Senf dazu.

Franz lacht. Ein politisches Stehaufmännchen wie aus dem Bilderbuch. Auch da ähneln sich Vater und Sohn. Niederlagen sind für sie immer Ausgangspunkt zu Neuem.

Aus welchem Grund trägt Hans-Dieter nicht den Namen seines Vaters?

Hatte den Namen. Franz schüttelt den Kopf. Schon in der Schule bestand er darauf, den Namen seiner Mutter zu nehmen. Er wollte nicht mit seinem Vater gleichgestellt werden. Der Junge hatte schon immer einen harten Schädel.

Nicht hart genug für alle Fälle, denke ich und schmunzle in mich hinein.

Kann Franz mir einen Termin mit Kappler vereinbaren, möglichst zeitnah?

Franz verspricht, es zumindest zu versuchen.

Vielleicht ist Kappler ja eine Spur zu den verschwundenen Gemälden, spreche ich meine Hoffnung aus.

Bevor ich gehe, gebe ich Franz meine Karte.

Ich verlasse den Ort aber noch nicht, fahre zum Friedhof und besuche Sepp an seiner Ruhestätte unter den schützenden Ästen einer Trauerweide.

4

Ich drücke die Klingel, stehe da, als Magdalena die grüne Tür öffnet. Ihr Gesicht leuchtet auf. Hinter ihr rocken die Stones durch das kleine Haus.

Sie liebe die Stones, sagt Magdalena im großen Zimmer.

Wir stehen uns gegenüber. Ich reiche ihr das kleine Geschenk, das ich aus Barcelona mitgebracht habe.

Darf ich Sie umarmen, Leo?

Was lässt mich einen kleinen Augenblick zögern?

Was soll ich sagen? Helfen Sie mir, Magdalena. Ich breite die Arme aus.

Gerne, Leo.

Sie zieht mich fest an sich, legt ihre kräftigen Arme um mich. Ich lege ihr meine Arme leicht auf den Rücken. Und mir ist das alles andere als unangenehm. Ich wundere mich über mich.

Dann beugt sie ihren Kopf zurück, ihr Gesicht ist nahe vor meinem, ihre Augen lächeln in meine.

Da ist der Moment auch schon vorüber.

Sie gibt mich frei, dirigiert mich zum Sofa, das mal nicht von ihren Arbeitsmaterialien belegt ist. Vom Fensterbrett holt sie eine Zeitungsseite, faltet sie auseinander, gibt sie mir in die Hand. Eine Anzeigenseite. Kleinanzeigen-Rubrik. Mir fällt sofort ins Auge, worauf es Magdalena ankommt: Eine mit Rotstift gerahmte zweizeilige Annonce.

Zwei G. v. WL unter Umständen günstig abzugeben. Chiffre.

Leo, Sie wissen, worum es geht?

Ich sehe Magdalena an, nicke.

Ein Code, sagt sie, der nur für den zu verstehen ist, den der Text erreichen soll.

Zwei Gemälde von Wilhelm Leibl ..., murmele ich vor mich hin.

Wer steckt dahinter, Leo?

Jemand, der glauben machen will, er habe die Gemälde.

Und Sie diese Bilder zu gerne hätten.

Wenn ich nicht schon gewusst hätte, wer mich da am Nasenring durch die Manege führen will, jetzt wäre wohl der Groschen gefallen. Die Anzeige war der gewisse kleine Tick zu viel. Was ich nicht weiß, noch nicht, ist, aus welchem Grund er es tut.

Nur ein weiterer Schachzug in einem kindischen Spiel, Magdalena.

Ist Ihnen das nicht irgendwie unheimlich, Leo?

Nicht wirklich. Ich lächle.

Nachher werde ich Werner anrufen, nehme ich mir vor.

5

Das Telefon holt mich aus meinem leichten Mittagsschlaf. Es ist Korbinian, mit dem ich am Nachmittag ohnehin zum Schach verabredet bin. Was will er?

Komm rüber, Herr Doktor. Hab dir was zu zeigen.

Seine Stimme klingt, als unterdrücke er ein Lachen. Ich vermag ihm keine Erklärung zu entlocken.

Also bin ich einige Minuten später drüben. Korbinian lehnt wartend an seinem kleinen Traktor. Mit einer ausholenden Handbewegung, als biete er mir seinen besten Sessel an, zeigt er auf die grüne Sitzschale schräg hinter dem Fahrersitz. Dabei grinst er verschmitzt, verrät aber mit keinem Wort, worum es eigentlich geht.

Wir sitzen auf und die Fahrt nimmt ihren Anfang. Durch den Wald, am Turm vorüber, den Weg hinunter hin zum See, passieren den großen Ameisenhügel, den Korbinian militärisch zackig grüßt. Kurz darauf liegt der Wald in unserem Rücken. Der Weg verläuft jetzt parallel zur Uferstraße.

Korbinian deutet.

Ich sehe selbst.

Das Restaurantschiff, ein unter Denkmalschutz stehendes auf Pontons errichtetes Holzhaus mit breiter Veranda, liegt schräg im Wasser, zur Seeseite hin geneigt. Einsatzwagen der Feuerwehr und des THW stehen in unmittelbarer Nähe. Hinter einer Absperrung drängt sich eine vielköpfige Menschenmenge.

Korbinian sagt, es muss in der Nacht passiert sein.

Der Traktor steht. Näher kommen wir nicht heran. Sichtbar tut sich dort drüben nichts. Zwei Mal ist kurz eine Person zu sehen, die sich vorsichtig auf der schiefen Ebene der Veranda bewegt.

Nach vielleicht einer gefühlten Viertelstunde brechen wir unsere Neugierde ab.

Später spielen wir auf der Terrasse noch zwei Partien Schach.

6

Auch die Gegend um den Starnberger See herum ist ein Eldorado für Golfspieler. Für jeden verwöhnten sportlichen Wunsch findet sich der richtige Platz im Angebot. Ehemalige Viehweiden wurden von Golfplatzdesignern in filmreife Kunstlandschaften verwandelt. Der feinste Teppichrasen, locker verteilte Biotope und grüne Gehölzinseln, weit leuchtende hellgelbe Bunker, immer wieder freie Sichtschneisen zum See, auf dem weiße Segel laut- und schwerelos durch das Bild gleiten.

Ich kenne den Platz nahe Starnberg, auf dessen Restaurantterrasse ich mit Anton Kappler einen Termin habe. Zeitig fahre ich los, komme reichlich vor der vereinbarten Zeit an mein Ziel, habe genügend Luft, um auf der Terrasse gut, vor allem ungestört zu essen. Am Empfang habe ich hinterlassen, auf wen ich warte und wo er mich findet. Längst bin ich beim Espresso, als ich ihn die Glastür des Restaurants öffnen sehe. Gleich hinter ihm zwei graue Typen mit Sonnenbrillen, die auf ihn aufpassen. Ich warte, bis er an den Tisch tritt. Er begrüßt mich mit seinem breitesten Wahlkampflächeln und hingestreckter Hand. Wir setzen uns. Er sich mir nicht gegenüber, mit dem Rücken zum Platz, sondern seitlich, von wo er zum Restaurant und auch über die grüne Anlage blicken kann. Unmittelbar winkt er einem dienstbaren Geist, ordert ein Bier, ganz wie es sich für einen Volkstribun ziemt. Erst dann wendet er sich mir zu, es fehlt nicht viel und er tätschelt meinen Arm, gerade noch zieht er seine Hand zurück. Er sieht mich an und sagt, er weiß, wer ich bin. Behauptet, wir seien uns vor Jahren mal auf einem Empfang der IHK begegnet. Natürlich mag das so sein, auch wenn ich mich nicht erinnere. Dann schlägt er vor, wenn es mir recht sei, gleich zum Thema zu kommen. Nichts fehle ihm so sehr wie Zeit. In, er wirft einen schnellen Blick auf seine sichtbar teure Uhr, genau sechsundzwanzig Minuten wird er eine Runde spielen. Müssen, nicht zum Vergnügen. Auf dem Golfplatz wird auch Politik gemacht, nicht nur Geschäfte.

Ich gehe nicht darauf ein, begnüge mich mit einem Lächeln, das er als Zustimmung interpretieren kann, wenn er will.

Franz habe ihm gesagt, mich würden die Bilder vom alten Sepp interessieren.

Ich kann mich nicht dazu äußern, da sein Bier gebracht wird und er zunächst einen langen Zug nimmt.

Noch über den Rand des Glases hinweg schaut er mich bedauernd an und sagt, nachdem er das Glas auf den Tisch gestellt hat, er habe keinen blassen Schimmer, wo die Bilder sein könnten. Er wisse darüber ebenso wenig wie über den Verbleib des Buben.

Der Bub sei alt genug, seine Wege nach eigenem Gusto zu gehen.

Ich höre zu. Hans-Dieter kommt bei ihm nur als Hansi vor oder Bub, nie mit seinem Namen, nicht als Sohn.

Von Anfang an habe er keinen Draht zu Hansi gehabt, wie auch Hansi zu ihm keinen. Auch hätten ihn seine Pflichten kaum Zeit finden lassen, sich mit dem Bub zu befassen. Politik sei eben ein Knochenjob, der ein normales, ein bürgerliches Leben nicht zulasse. Nein, sie hätten sich nicht entfremdet. Sie waren sich ja zu keiner Zeit irgendwie nahe, zogen ganz andere, weit auseinanderliegende Kreise. Gerne hätte er mir auf meine Fragen die richtigen Antworten gegeben. Aber wie gesagt ...

Etwas erstaunt es mich doch, welch einen jovialen Mann Kappler mir da vorführt, dieser Mann, dem das Image eines arroganten, steinharten Realpolitikers anhaftet. Ist das seine private Seite oder hat sich der Wolf einen Schafspelz übergezogen?

Plötzlich winkt er irgendwohin. Damit gibt er mir das Zeichen, ohne es auszusprechen: Die Audienz neigt sich dem Ende zu. Sein leeres Glas steht schon längst vor ihm. Breit lächelt er über meine Schulter hinweg. Erhebt sich, reicht mir seine Hand. Ich danke ihm, sage, sein Bier gehe auf meine Rechnung. Kappler verzieht die vollen Lippen, zeigt mir sein TV-Lächeln, ich lächle voll zurück, und schon ist er weg. Ich sehe ihm nicht nach.

7

Vor der Mittagszeit fahre ich los, um mich in Schwabing mit Jörg zum Essen zu treffen. Auf seinen Wunsch hin. Was mir gelegen kommt, denn vielleicht kann er mir helfen, die Lücken in Kampas' Vita mit Wissen zu füllen.

Wie mir scheint, hat Kampas seine Biografie bewusst an einigen Punkten offen gelassen, an anderen geschönt. Besonders das, was fehlt, ist nicht harmlos. Noch zögere ich, einen Detektiv zur genauen Klärung einzuschalten. Möchte erst einmal vermeiden, dass eine Verbindung zwischen uns über die geschäftliche hinaus nachzuweisen ist.

Jörg ist pünktlich. Seit er eine Firma führt, scheint er sich an ungeschriebene Regeln zu halten. Verzichtet auf Alkohol beim Essen, trinkt Mineralwasser.

Nicht immer ist Jörg so wortreich unterwegs wie an diesem Mittag. Der Junge hat sich in erstaunlich kurzer Zeit sehr verändert. Aufmerksam lausche ich ihm, was ihm wohl gefällt, angele in knappen Nebensätzen nach Wissenswertem über seinen Partner. In dieser Art der Informationsbeschaffung bin ich in langen Jahren geschult. Ich bin mir sicher, Jörg ist gar nicht bewusst, was er mir so alles über den Tisch hinweg erzählt. Ergo wird er sich auch nicht erinnern, mir als Informant gedient zu haben. War er früher mir gegenüber zu verschlossen, ist er jetzt zu vertrauensselig. Er muss noch lernen.

»Miracle-Design« ist vielversprechend angelaufen. Er ist stolz darauf. Darf er auch sein, denn seine Aussage ist richtig. Weiß das von Werner, der die junge Firma im Auge hat. Und genau dort ist der wunde Punkt zu finden, der den beiden Unternehmerfrischlingen gar nicht behagt, wie Jörg mir ohne Umschweife sagt. Wenn er zähneknirschend die Situation zu akzeptieren gewillt ist, sieht sie Kampas allerdings anders, ist stinksauer über die Kontrolle.

Ich versuche Jörg zu erläutern, welche Beweggründe Brandscheid und ich dabei haben. Vertrauen in der Geschäftswelt ist gefährliche Blauäugigkeit. Niemand investiert, ohne wissen zu wollen, was mit seiner Anlage geschieht.

Zunächst habe der kleine Prinz, wie Kampas von Freunden genannt wird, angenommen, wir würden »Miracle-Design« an der langen Leine laufen lassen, gerade wegen der familiären Verbindung. Jetzt sei er wütend, dass ihm auf die Finger geschaut wird.

Hat Kampas keine Kenntnis, wie Banken ihre Kreditnehmer im Auge behalten? Da weht ein anderer Wind, sehr freundlich zwar, aber auch sehr gnadenlos.

Jörg nimmt die Launen des kleinen Prinzen nicht sonderlich ernst. Kampas wird schon lockerer werden mit dem Erfolg, ist er überzeugt.

Wir trennen uns auf dem Parkplatz des Restaurants. Er dankt mir für meine Unterstützung. Völlig neue Töne. Vor noch nicht allzu langer Zeit wären solche Worte undenkbar gewesen.

Ich fahre zum »Bayerischen Hof«, setze mich in der Suite in einen Sessel am Fenster, sehe über die Dächer zu den Türmen der Frauenkirche. Der Zimmerservice bringt das Glas Whisky, um das ich am Empfang gebeten hatte.

Ich bin hier, um nachzudenken. Jörg springt mir immer noch im Kopf herum.

Jörg? Der Junge hatte mich vom ersten Augenblick an abgelehnt. Gab mir keine Chance. Rückschauend habe ich mich lange Zeit geduldig um ihn bemüht. Irgendwann ließen wir uns gegenseitig in Ruhe. Status quo. Erst jetzt, wo es eigentlich keine Bedeutung mehr hat, haben wir vielleicht einen schmalen gangbaren Pfad gefunden, der verspricht, auch in die Zukunft führen zu können.

Von den Gedanken an Jörg ist der Sprung zu Manfred Kampas kein weiter. Für mich jedoch der weitaus spannendere. Wegen ihm sitze ich eigentlich hier. Er ist das Problem, über dem ich grübele.

Was hat Jörg mich über ihn wissen lassen?

Kampas war mit Hans-Dieter befreundet, seit der Schulzeit. Was mich im ersten Moment doch hat schlucken lassen. Er gehörte dem Kreis an, der Zugang zum Kastlerhof hatte. Sieh an! Mir ist er, als einer der vielen Trabanten des Hoferben, nicht aufgefallen. Allerdings darf ich nicht davon ausgehen, dass auch er mich nicht gesehen hat. Ein weiteres Steinchen für das Mosaik meiner Mutmaßungen.

Was hat Jörg noch gesagt?

Die Eltern des kleinen Prinzen stammen aus dem Don-Gebiet. Daher also sehr wahrscheinlich seine Verbindung nach dem Osten.

Kampas ist begeisterter Segler, hat ein eigenes Boot am Chiemsee liegen. Kann ich damit etwas anfangen? Im Moment jedenfalls nichts.

Fest steht bisher nur, ich werde dem kleinen Prinzen kräftig auf die Zehen treten.

8

Pavarottis Stimme als *Ernani* in Verdis Oper erfüllt den Raum. Wie gewohnt habe ich mich nach dem Frühstück an den Schreibtisch gesetzt. Der Morgen ist trübe, graue Wolken ziehen über den See, machen das Wasser dunkel. Noch regnet es nicht, obwohl es die Wetterfrösche prophezeit haben.

Ich arbeite nicht an meinem Roman, schreibe nicht in mein rotes Buch, sitze am Computer und bin zurück in die Welt getaucht, die ich meinte, hinter mir gelassen zu haben. Mein Kopf, auch meine Finger erinnern sich schnell an das, was sie viele Jahre aus dem Effeff beherrschten. Nämlich die Arbeit mit Datenbanken im Internet. Ich bin dem kleinen Prinzen auf der Spur. Das zunächst diffuse Bild des jungen Mannes wird allmählich klarer, dabei allerdings auch zusehends dunkler. Jörg ist eine Allianz mit einem Neidhammel vor dem Herrn eingegangen, der voller Wut und ohne allzu viel Rücksicht auf seinem Weg unterwegs ist. Kampas ist älter, als er aussieht. Seine Karriere erscheint an einigen Stellen mehr als dubios. Bereits zwei Mal hat der Staatsanwalt gegen ihn wegen seiner Unternehmungen ermittelt. Allein mithilfe guter Anwälte hat er seinen Hals aus der Schlinge ziehen können. Ich finde auch Hinweise, die auf Kampas' Verbindungen zu kriminellen Kreisen hindeuten. Hinter jeder Lücke, die ich schließe, tut sich mindestens eine neue Frage auf.

Was wie eine Recherche für einige Stunden aussah, dehnt sich aus. Ich habe den Stein Kampas ins Internet geworfen und nun rollen die Kreiswellen in die Weite. Ihnen in die Tiefe zu folgen, bleibt allein für den Spürsinn eine Herausforderung, von greifbarem Nutzen sind sie für mich nicht mehr wirklich. Allzu vieles beruht da auf vagen Vermutungen, gleitet sogar hin und wieder in Klatsch ab.

Auf dem kurzen Weg hinüber zu den Weilnböcks steht das Fazit dieses Vormittags für mich fest: Werner muss den Fokus noch strenger auf Kampas richten. Und: Die Zusammenarbeit von Jörg und dem kleinen Prinzen wird sicher keine lange mehr sein.

Als ich die Augen nach meinem kurzen Mittagsschlaf aufschlage, kommt mir Jörgs unscheinbarer Hinweis auf das Segelboot seines Partners in den Sinn.

Den Segelclub am Chiemsee zu finden, ist dank Internet für mich nur ein Kinderspiel. Die Links von der Website auf die Mitgliederliste und zu Fotos von verschiedenen Booten sind kaum gesichert. Kampas' Boot heißt »Nero IV«.

Dann spielt mir auch noch ein Zufall in die Hände. Als ich die Liste überfliege, springt mich ein Name an. Im gleichen Jachthafen hat ein Mann sein Boot liegen, der sich vor vielen Jahren zu meinen Freunden zählte. Zutritt zu dem Club wäre bei Bedarf also wohl kein Kunststück mehr.

Ich führe nun einen inneren Dialog, dessen Ergebnis ich nicht vorauszusehen vermag.

9

Obwohl ich im Haus meine Runden drehe, unterwegs bin, ohne etwas zu sehen und zu hören, komme ich einfach nicht voran, drehe mich im Kreis. Renne wie ein Hamster in seinem Rad. Meine Gedanken laufen sich heiß, sind nahe daran sich festzufressen. Der Plan in meinem Kopf, mehr der kleine Zipfel eines Planes, weigert sich eine Form anzunehmen, die sich weiterentwickeln lässt.

Ich muss einen Schnitt machen. Luft in meinen Kopf lassen. Das hat immer geholfen. Ich setze mich ins Auto, für das Fahrrad ist mir der Himmel nicht koscher genug, und fahre hinüber zum Kloster. Das alte Gemäuer erscheint mir als eine Sandbank, auf der ich ruhig für einen beschränkten Zeitraum Aufenthalt nehmen kann. Ich stelle meinen Wagen neben der Zufahrt ab, gehe die Allee hinauf. Eine wunderschöne Allee alter Buchen, die mehr ein Laubengang ist. Als ich auf den Vorplatz trete, sehe ich den Regenbogen, der sich über das Kloster zu schwingen scheint. Gehe durch den Torbogen, bleibe im Schatten vor dem Innenhof stehen. An der Kirche steht ein Gerüst, auf dem ich drei Männer bei der Arbeit zähle. Ich sehe ihnen eine Zeit lang zu, spaziere dann über den Hof und durch die Arkaden des Kreuzganges. Später beobachte ich in der Kirche die Restauratoren, eine Frau, die ich kenne, und einen graubärtigen Mann. Wie aus dem Nichts taucht Hochwürden Demme auf. Womit ich habe rechnen müssen. Er freut sich, mich zu sehen. Das bestätigen mir seine roten Bäckchen. Sogleich bietet er an, mich herumzuführen, um mir die sichtbaren Fortschritte zu präsentieren. Ich sage ihm, dass ich schon alles gesehen habe. Doch so leicht gibt er sich nicht geschlagen. Lädt mich zu einem Glas dunklen Biers ins Refektorium ein. Nachdem wir den ersten Schluck probiert haben, beginnt er zu sprechen, redet sich in wahre Begeisterung. Ich gebe ihm das Gefühl, ihm aufmerksam zuzuhören und ihm tatsächlich gegenüberzusitzen. In Wahrheit bin ich ein Stück weit weg. Am Chiemsee. Vorhin, im Kreuzgang, hat ein Funke gezündet, ist eine Vision aufgeblitzt, die ich versuche festzuzurren, zu prüfen, ob es sich lohnt, sie weiter auszumalen. Das Bild wird immer deutlicher, schwimmt nicht mehr weg.

So weit bin ich, als der Pfarrer mich hinaus in den Kreuzgang führt. Die Steinplatten des Innenhofs glänzen feucht. Es regnet. Wir gehen nach rechts und dann bleibt Demme stehen, zeigt zur Wand und mir sein verzücktes Gesicht. Ein kleines Stück eines freigelegten Freskos. Vielleicht einen Quadratmeter groß.

Ein Wunder, sagt er, aber eines, das so gar nicht in den Finanzplan der Stiftung passt.

Wie elegant er das macht. Zeigt mir den Ausschnitt eines Freskos, auf dem nicht einmal zu erkennen ist, was es darstellt, dazu zwei Worte, die ich nicht lesen kann, und schon ist er beim lieben Geld. Klagt herzerweichend, wie schwer es ist, seine Oberen oder die der Politik zu festen Zusagen zu verpflichten. Gehe es aber um öffentlichkeitswirksame Auftritte, wie die Weihe der Kapelle, dann seien sie sofort zur Stelle.

Mir ist natürlich völlig klar, auf was sein Lamento hinausläuft. Bin ich nicht freiwillig zum Kloster gekommen? Und das gute dunkle Bier ist nun mal auch nicht umsonst.

10

Die Klingel am Tor an der Straße wird gedrückt. Bis ich sie endlich wahrnehme, muss ich sie schon mehrfach überhört haben. Konzentriert beschäftige ich mich nämlich mit dem Plot meines neuen Romans. Bin mit meinen Gedanken gar nicht zu Hause. Bin mit den Griechen in Westafrika. Bin auf Atlantis. Bin auf den verschlungenen Wegen afrikanischer Kunst während des Zweiten Weltkrieges unterwegs.

Ich erhebe mich, werfe im Vorraum einen schnellen Blick zum Monitor. Vor dem Tor steht ein Wagen, den ich nicht kenne. Hinter dem Steuer sitzt eine Frau. Frau Moldenhauer.

Was will das LKA von mir? Habe für mich diese Episode längst abgehakt.

Ich drücke den Knopf, der das Tor zur Seite fahren lässt und die Auffahrt frei gibt. Gleich darauf rollt das Auto vor das Haus.

Ich stehe in der offenen Tür. Frau Moldenhauer erwidert mein Lächeln, kommt auf mich zu, macht allerdings keine Anstalten, mir die Hand zu reichen. Beide sagen wir, fast gleichzeitig, grüß Gott. Ich trete zur Seite, lade sie mit einer Handbewegung ins Haus ein. Gehe neben ihr durch den Salon. Sehe, wie ihre Blicke herumspringen. Meine Sammlung streift sie im Vorübergehen. Auf der Terrasse biete ich ihr einen Stuhl am Tisch an.

Was möchte sie trinken?

Wasser, bitte.

Ich lasse sie alleine mit dem Blick in die Landschaft. Hole Wasser, Rotwein und Gläser. Nachdem ich die Gläser gefüllt habe, setze ich mich, hebe mein Glas, sehe sie an. Sie hält das Glas in der Hand, schaut zum See hinüber.

Dem LKA sei eine mich betreffende Mail zugegangen, beginnt Frau Moldenhauer, ohne mich anzusehen.

Auch ich betrachte das Landschaftsbild vor uns. Enthalte mich eines Kommentars. Sie wird mir schon sagen, was hinter ihrem Einleitungssatz steckt.

Sie werden beschuldigt, einen Mord begangen zu haben, Herr Doktor Petermann.

Ich hebe meine Augenbrauen, sehe sie an. Wen soll ich ermordet haben?

Das steht nicht in der Mail.

Von wem kommt sie?

Kein Name.

Anonym?

Anonym.

Geht Ihre Behörde jeder Behauptung nach, die ein Irgendwer schickt?

Nur dann, wenn wir von der Annahme ausgehen können, der anonyme Hinweis bringe uns weiter.

Tut er das?

Es ist uns gelungen, die Mail zurückzuverfolgen. Sie wurde aus einem Internetcafé nahe der Plaça de Catalunya in Barcelona gesendet.

Und ich war gerade in Barcelona.

Ein seltsamer Zufall oder, Herr Doktor Petermann?

Während ich in Barcelona bin, schreibt von dort jemand dem LKA, ich sei ein Mörder. Ist das nicht irgendwie skurril, Frau Moldenhauer?

Ich trinke einen Schluck. Packe dann den Stier – oder besser gesagt, die Kuh – bei den Hörnern. Ahne ich richtig, wer als mein Opfer infrage kommt?

Hans-Dieter Arzberger. Wer sonst?

Ich hatte gedacht, das hätten wir hinter uns?

Wir haben ihn immer noch nicht gefunden.

Nein?

Nur eine Spur, die sich in Luft aufgelöst hat.

Der Anonymus weiß aber von meiner Untat?

Sie hebt die Schultern, lässt sie langsam wieder sinken. Möglicherweise will er Sie damit unter Druck setzen, sagt sie.

Um was zu erreichen?

Um Sie nervös zu machen? Damit Sie einen Fehler begehen, vielleicht?

Weshalb sollte ich nervös werden? Sagen Sie es mir.

Sie beugt sich nach vorne, gießt sich Wasser nach, trinkt. Sagt: Ich habe mich mit Ihnen beschäftigt.

Ich lache leise, amüsiert. Bin ich so interessant?

Das sind Sie.

Soll ich stolz darauf sein oder eher ganz klein werden?

Sie lächelt eigentümlich in die Weite.

Ich habe mir Rat bei den Fachleuten geholt. Weil ich nicht klug aus Ihnen wurde. Sie waren für mich ein Rätsel.

Jetzt nicht mehr? Heißt das, Sie haben mich durchschaut?

Sie lässt sich nicht irritieren.

So, wie Sie von Psychologen beurteilt werden, ist nicht auszuschließen, dass Sie einen perfekten Mord planen und durchziehen können.

Ich lehne mich entspannt zurück. Eine provozierende Geste, gewollt.

Klären Sie mich bitte auf?

Wissen Sie, was Alexithymie ist?

Selbstverständlich weiß ich das, denke ich, und schüttle den Kopf. Nie gehört, Frau Moldenhauer. Das Wort klingt medizinisch. Ihnen wird bekannt sein: Ich bin kein Arzt.

Sie lässt eine kleine Weile verstreichen. Hofft vielleicht, mich gerade weichzukochen.

Ich sehe sie fragend an.

Gefühlsblindheit, Herr Doktor Petermann. Kurze Pause. Die Menschen, die an dieser Störung leiden, lässt alles kalt. Kein Mitgefühl, keine Liebe, keine Wut. Nichts. Gefühlskälte könnte man ebenso dazu sagen.

Und ich leide an Alex... wie war noch mal gleich das Wort?

Alexithymie.

Danke, sage ich. Neige leicht den Kopf, ziehe die Lippen spöttisch hoch, nur so als Andeutung für sie. Ich habe also keine Gefühle. Wo mögen sie mir abhandengekommen sein?

Ihre Augen sehen mich streng an. Sie lässt sich nicht beirren.

Die Gründe liegen zumeist in der Erziehung oder sind einem Trauma zuzuschreiben.

Was kommt bei mir infrage?

Das fragen Sie mich? Sie müssen es selbst wissen. Sie lacht leise.

Ich lache mit. Ich dachte, Sie hätten mich genau unter die Lupe genommen, sage ich. Ich stelle das Glas, das ich in der Hand halte, auf den Tisch zurück.

In diesem Augenblick beugt sie sich vor und beäugt ganz aus der Nähe mein Glas. Auch ich senke meinen Kopf, betrachte das Glas. Ich kann mir schon vorstellen, worum es ihr geht. Sie hebt den Kopf. Ihr Blick sucht den meinen. Unsere Nasenspitzen sind nur wenige Zentimeter voreinander entfernt.

Sie haben keine sichtbaren Spuren auf dem Glas hinterlassen, stellt die Ermittlerin fest.

Und? Ich sehe sie verständnislos an.

Haben Sie schwitzige oder kalte Hände, will sie wissen.

Ich reiche ihr meine Rechte. Sie greift sofort zu und lässt sie gleich wieder los.

Lösen Sie das Rätsel auf, bitte ich.

Sie richtet sich auf, lehnt sich zurück. Langer Blick.

Sie werden, sagt sie langsam, so als überlege sie jedes Wort, Sie werden mit der Anschuldigung, einen Mord begangen zu haben, konfrontiert. Auch jemanden, der ein reines Gewissen hat, regt so etwas auf, er beginnt zu schwitzen oder wird starr vor Schreck.

Das haben Sie jetzt wirklich schön erklärt, lobe ich.

Bei Ihnen keine Spur davon, spricht sie weiter, als hätte ich nichts gesagt, keine heißen, keine kalten Hände. Ganz normal, als sei alles in bester Ordnung.

Ist denn nicht auch alles in bester Ordnung, Frau Moldenhauer?

Sie sind kalt, Herr Doktor Petermann, und sehr intelligent.

Ich lächle. Man hat mich als Genie bezeichnet. Davon müssten Sie gehört haben.

Ihre Augen lachen. Sie trinkt einen letzten Schluck. Erhebt sich. Reicht mir die Hand.

Welch eine Überraschung.

11

Mit einer spitzen Papiertüte voller Himbeerbonbons bei Magdalena zu erscheinen, ist schon zu einem kleinen Ritual geworden. Ich strecke ihr die Tüte an der Tür entgegen, sie legt mir kurz ihre warme Hand an die Wange, greift nach der Tüte, bittet mich ins Haus. Ich marschiere an ihr vorbei.

Wir setzen uns auf das Sofa, sie öffnet die Tüte, hält sie mir hin. Wie zwei Verschwörer grinsend, beginnen wir zu lutschen. Und eine unserer kurzweiligen Plauderstunden nimmt ihren Anfang.

Als Magdalena den Tee in die Tassen gießt, bitte ich sie, mich zum Chiemsee zu begleiten.

Einen Moment verharrt sie mitten in der Bewegung, schaut mich an. In ihren grauen Augen sehe ich ein eigentümliches Glitzern.

Ich treffe dort in einem Segelclub einen alten Freund und seine Frau.

Und da möchten Sie nicht alleine erscheinen?

Ich lächle sie an. Es wäre zudem eine schöne Gelegenheit, einen oder zwei Tage auf der Fraueninsel, wo ich eine gemütliche Unterkunft kenne, zu verbringen.

Es ist sehr lieb, Leo, dass Sie an mich gedacht haben.

Bitte sagen Sie nicht nein, Magdalena.

Sie war noch nie auf der Fraueninsel, sagt sie.

Legt mir ihre Hand auf die Schulter, sieht mich verschmitzt an, sagt: Irgendwie klingt der Vorschlag wie ein Versprechen auf kuschelige Liebesstunden. Ihre Augen werden schmal bei diesen Worten.

So weit hatte ich gar nicht zu denken gewagt. Unangenehm ist mir die Vorstellung überhaupt nicht.

12

Nach dem Essen bei den Weilnböcks streiche ich meine lieb gewordene Siesta und fahre nach München. Mein Ziel liegt in Schwabing, gerufen hat mich mein Verleger, nachdem der Lektor mit der ersten Durchsicht des Manuskripts meines zweiten Romans fertig ist.

Lange sitzen wir nicht zusammen. Der Lektor hat gute Arbeit geleistet, wofür ich ihm meinen Respekt ausspreche, was ihn freut, obwohl er mein Thema nicht mag, wie ich weiß, es ist ihm zu trivial. Er wird mir die zwei Abschnitte, die ich noch einmal auf seine Anregung hin überarbeiten werde, als Mailanhang senden.

Danach spaziere ich durch einige schmale Straßen zum Englischen Garten. Folge dem Weg zum Chinesischen Turm, lasse Kampas, dem kleinen Prinzen, Raum in meinen Gedanken, wo sich die unterschiedlichen Fäden allmählich zu einem Mittelpunkt finden. Noch hat sich kein stabiler Plan entwickelt, weit ist es jedoch nicht mehr bis dahin.

Ich fahre dann weiter zu Werner, dem ich unangemeldet in seinem Büro einen Besuch abstatte. Habe das lange nicht mehr gemacht, was früher fast normal war. Mein alter Freund beherrscht die Kunst, das Gefühl auszustrahlen, selbstverständlich alle Zeit der Welt zu haben. Keine beherrschte Nervosität, kein versteckter Blick zur Uhr, keine Unaufmerksamkeit. Er lässt Kaffee kommen und wir besprechen ein paar Punkte, die wirklich nicht unter den Nägeln brennen. Um ihm seinen Ablauf nicht zu sehr durcheinanderzubringen, mache ich Kampas recht schnell zum Thema.

Der junge Mann spielt nicht nur mit dem Feuer, er sammelt eifrig Zeitbomben, sagt Werner.

Was hast du in Erfahrung gebracht?

Kampas expandiert wie ein Spieler. Geht Beteiligungen ein, die eine gerade gegründete Firma mittelfristig überfordern werden. Er zapft dafür dubiose Geldquellen an.

Wo sprudeln diese Geldquellen?

Irgendwo in den Weiten des Ostens. Genau weiß ich es noch nicht.

Ist es das, was mir in den Sinn kommt?

Genau, Leo: Geldwäsche. Der junge Mann hat es faustdick hinter den Ohren.

Hat er mitbekommen, dass du ihm auf die Finger schaust, Werner?

Möglich. Warum fragst du?

Kampas ist stinksauer.

Wer sagt das?

Jörg.

Leo, dein Sohn sollte sehr vorsichtig sein.

Wenn es möglich ist, Werner, halte Jörg aus der Schusslinie raus.

Du hast in diese Richtung etwas geahnt, Leo?

Mein Bauchgefühl, Werner, du kennst es. Inzwischen habe ich Flecken auf der Weste des jungen Mannes entdeckt, die mir gar nicht gefallen.

Als ich gehe, verbleiben wir so, uns umgehend zu informieren, wenn sich etwas von Wichtigkeit zum Thema Kampas ergeben sollte.

Schon während der Rückfahrt ziehen schwere dunkelgraue Wolken von den Bergen heran.

Am frühen Abend, ich sehe sie vom Wintergarten aus, treiben fahle Regenschwaden über den See. Drüben auf der anderen Seite zeigt sich ein ganz anderes Licht. Streifen in der Farbe reifer Orangen sind zwischen graue Wolken gepinselt. Das Wetterleuchten wird stärker. Das Gewitter kommt auf uns zu.

13

Wer ist diese fremde Frau in der geöffneten grünen Tür?

Ich schließe kurz die Augen. Mache sie wieder auf und sehe in spöttisch funkelnde graue Augen.

Magdalena!

Welch eine Frau.

Schuld an dieser grandiosen Täuschung gebe ich diesen sackartigen bunten Kleidern, die sie immer trägt. Im Alltag erscheint Magdalena als eine Matrone, dabei sind die Kittel eine bequeme, ja neckische Tarnung ihrer kräftigen, allerdings wie von einem Bildhauer erschaffenen Figur, die einem den Atem stocken lässt.

Das Kleid, das sie jetzt trägt, scheint nur für sie gemacht. Es zaubert eine andere, eine hinreißend schöne Frau vor meine entzückten Augen.

Leicht legt sie ihre Hände an meine Oberarme und küsst mich links, rechts auf die Wangen.

Wir können sofort los, Leo.

Wenig später sind wir unterwegs. Noch immer habe ich kein Wort gesagt. Von der Seite sieht sie mich an. Ich lächle nach vorne.

Du kannst einen Mann sprachlos staunen lassen, Magdalena, erlöse ich sie aus der Spannung, was ich zu ihrer Erscheinung zu sagen habe.

Ich weiß, solche Worte mag sie hören. Hat mir gesagt, wie sehr sie es genießt, dass ich so behutsam mit ihr umgehe, es zeige ihr, wie wichtig sie für mich sei, was sie zunächst irritiert hat, ihr aber zunehmend gefällt, ihr gut tut.

Sie lacht leise, legt mir kurz ihre warme Hand auf den Oberschenkel.

Meine Gedanken eilen uns voraus an den Chiemsee. Ich denke laut, stelle Magdalena den Mann vor, den wir nachher treffen, so wie ich ihn in Erinnerung habe, damals schon ein praktizierender Freund schöner Frauen, um es mal so zu umschreiben. Ob Michael Hammer noch immer der selbstverliebte Gockel ist, der er war? Ich erzähle von ihm, damit Magdalena nicht einem völlig Fremden gegenübertritt.

Wir treten als Paar auf, Leo?

So habe ich mir das gedacht, Magdalena.

Ich liebe solche neckischen Spielchen.

Früher als erwartet, in Richtung Salzburg war auf der Autobahn erstaunlich wenig Verkehr, rollen wir auf den Parkplatz vor dem Clubhaus. An der Schranke hatte uns der Wächter nach dem Codewort Hammer passieren lassen. Ich bitte Magdalena sitzen zu bleiben, gehe um den Wagen herum, öffne die Tür, reiche meiner Begleiterin die Hand. Sehe ihre Beine, die wie für die Strumpfwerbung modelliert sind. Wir stehen kurz nahe nebeneinander, lächeln uns wie Verschwörer an, bevor wir Hand in Hand die breite Außentreppe zur Terrasse ansteuern.

Ich habe Michael, den Mann, den ich für ihn halte, bereits gesehen. Habe mitbekommen, wie er seinen Hintern leicht vom Stuhl hob, den Kopf reckte, als wir über den Platz spazierten.

Auf der Terrasse angelangt, sehe ich mich auffällig um, als würde ich Ausschau halten. Er steht an einem Vierertisch, winkt. Ich hebe meine Hand.

Begrüßung mit Lächeln, Händeschütteln, gegenseitiger Vorstellung. Helene (seine Frau?), Michael, Magdalena (meine Frau?), Leo.

Wir nehmen Platz. Michael winkt sofort den Ober heran. Ich erkenne in ihm noch den jungen Soldaten von damals. Auch ich, das weiß ich, kann mich vor denen, die mich von früher her kennen, nicht verleugnen.

Es wird ein unterhaltsames Essen. Die Worte gehen uns nicht aus. Helene kennt solche Treffen offenbar. Magdalena spielt ihre Rolle mit so viel Charme, dass Michael kaum auf den Gedanken kommen wird, es sitzt ihm ein Paar gegenüber, das sich erstmals diesen Sommer begegnet ist.

Natürlich muss ich erzählen, schon nach dem Essen – das übrigens zum Weiterempfehlen gut ist –, was ich so mit meiner Zeit anfange, seit ich Privatier bin.

Magdalena findet aufmerksame Zuhörer, als sie von ihren Puppen berichtet. Sie hält sich an die Wahrheit, nicht die volle, nein, sie verbiegt sie geschickt in die angenehme Richtung.

Ein ausgefallenes Hobby für die Partnerin eines reichen Mannes, scherzt Michael.

Der Freund aus alten Tagen ist Musikproduzent mit eigenem Verlag. Schon vor, auch während unserer Dienstzeit, hatte er mit Musik zu tun. Komponierte und textete für eine Rockband, deren Gründungsmitglied er war, bei der er allerdings schon während seiner Soldatenzeit nicht mehr mitspielte. Helene lernte er kennen, als sie auf eine Annonce hin, mit der er eine Studiomusikerin (Klavier) suchte, bei ihm im Studio erschien. Wenige Monate danach heirateten sie. Ihre beiden Söhne studieren.

Als Helene beiläufig erwähnt, sie lebten in Frankfurt, bin ich leicht erstaunt, habe ich doch angenommen, sie wohnen in München. Michael, der kaum seine Augen von mir lässt, hat wohl meine leichte Reaktion erkannt, sagt, nach einem Herzinfarkt trete er kürzer. Hier am Chiemsee läge schon seit Jahren ihr Segelboot. Sie seien nicht mehr nur einmal im Jahr für kurze Wochen hier, sondern häufiger und für längere Zeit. In Prien besitzen sie eine Wohnung.

Michael bietet mir einen Rundgang durch den Segelhafen an. Will mir die Marina zeigen, sagt er.

Sehr gut, Michael, prima Idee. Sage ich. Allein darum habe ich mir die Mühe gemacht, dich aufzutreiben. Denke ich.

Wir gehen los. Die Frauen bleiben im Restaurant zurück. Plaudern wie alte Freundinnen.

Wir schlendern auf den Stegen herum, an denen zu beiden Seiten die Boote liegen, haben es nicht eilig. Am Ende eines Steges bleiben wir stehen, sehen auf den See hinaus. Drüben sind die Berge wie stumme Wächter aufgestellt.

Michael ruft Erinnerungen an unsere gemeinsame Zeit als Kampfschwimmer wach. Immer wieder unterbricht er selbst eine der Episoden mit Hinweisen auf das eine oder andere auffällige Boot. Von meiner Seite setzt er keine Beredsamkeit voraus, ein Wort hier und da genügt ihm als Nachweis meiner Aufmerksamkeit. Meine Augen sind ständig auf der Suche nach einem ganz bestimmten Boot. Wo liegt die »Nero IV«?

Michael hält mich am Arm fest, zeigt zur »Helene«. Seine ganze Haltung, nicht allein sein Gesicht, drückt seinen Stolz auf das schnittige Kajütboot aus. Obwohl er mich mal nicht anschaut, weiß ich, er wartet auf meine Anerkennung, meine lobenden Worte. Ich sage sie brav. Er klopft mir lachend auf den Rücken. Auf alte Kameraden ist eben Verlass, denke ich.

Wir springen auf das Boot hinüber. Michael ist von meinem Interesse richtig hingerissen, die Worte sprudeln nur so über seine Lippen.

So dauert es eine ganze Weile, bis wir unseren Rundgang fortsetzen, zu dem Teil der Marina gelangen, in dem die größten Boote, die auf dem See zugelassen sind, liegen. Und hier lese ich am Bug einer eleganten Jacht den Namen »Nero IV«. Das ist Kampas' Boot! Locker doppelt so groß wie die »Helene«. Ich frage mich, ob Jörg von der »Nero IV« weiß? Sicherlich nicht.

Seine erste Frage müsste sein, woher der kleine Prinz, sein Partner, die finanziellen Mittel für solch ein Spielzeug nimmt. Ich weiß es. Habe keinen Zweifel mehr. Kampas reitet auf einem feurigen Pferd.

Ich behalte die »Nero IV« einen Tick zu lange im Blick. Michael kommt auf den Besitzer zu sprechen, einen noch recht jungen Mann. Sehr von sich eingenommen, sich für den besten Segler auf diesem See haltend. Der schon gerne mal davon faselt, an Olympiaausscheidungsregatten teilgenommen zu haben. Nicht, um sich zu qualifizieren, nur einfach so zum Spaß.

In Gedanken bin ich bereits dabei, die Idee eines Planes gleich hier in diesem Hafen zu versenken.

Kann dieser junge Mann solch ein Boot alleine führen, Michael?

Michael lacht und hält gleich darauf meinen Plan am Leben.

So ein Boot wird von vier bis sechs Mann gesegelt. Doch Kampas, so heißt der Mann, segelt nicht. Niemand kommt an Bord. Er fährt immer alleine hinaus. Mithilfe seines Elektromotors. Segeln sehen hat ihn hier noch keiner. Auf dem See lässt er sein Boot treiben. Stundenlang. Ist oft Thema an der Bar, der seltsame Knabe.

Ist er oft hier, will ich wissen.

Mit Gewissheit kann er es nicht sagen, achtet nicht besonders auf den Typen, ist ihm suspekt, mag Angeber nicht. Ich müsste den mal im Club erleben. Leo, du glaubst es nicht. Zum Kotzen. Echt.

Er schweigt, schaut hinaus auf den See.

Während der Woche ist er ihm eigentlich noch nie aufgefallen. An den Wochenenden sei er ziemlich oft hier. Kommt, spielt im Club eine Weile den wilden Mann, bevor er auf seinem Boot verschwindet und hinausfährt.

Wir sind auf dem Rückweg, als ich ihn wie nebenbei frage, ob die Boote immer am gleichen Platz liegen, sie sozusagen einen festen Parkplatz haben?

Er nickt, sagt, jedes Boot hat seinen festen Liegeplatz.

Mehr will ich gar nicht wissen, hake nicht weiter nach, da Michael sich später möglichst nicht an diese Unterhaltung über Kampas erinnern soll. Auch darum frage ich ihn, ob er noch Verbindungen zu Mitgliedern unserer ehemaligen Kampfschwimmergruppe hat?

Noch längere Zeit, einige Jahre lang, hatte er Kontakt zu Albert und Jürgen. Albert ist tot. Wurde von seinem Bagger erschlagen. War im Hoch- und Tiefbau beschäftigt, wenn ich mich noch erinnern kann. Richtig tragisch. Michael war auf der Beerdigung.

Und Jürgen?

Ist vor fast dreißig Jahren nach Australien gegangen. Hatte versprochen, sich zu melden. Was er nicht getan hat. Seit damals, seit dem letzten Telefongespräch, hat er nichts mehr von Jürgen gehört.

Hast du noch mit irgendwem Kontakt, fragt er mich.

Ich schüttle den Kopf. Wer sollte das sein? Sage Michael natürlich nicht, dass solche Art Verbrüderungen nie in meiner Absicht lagen.

Dann kommen wir wieder bei den Damen an.

Michael lässt sich ein Pils kommen. Ich trinke einen Kaffee.

Helene schwärme ich über die »Helene« vor. Sie strahlt, ist entzückt, geradeso als hätte ich ihre Schönheit mit meinen Worten beschrieben.

Nach einiger Zeit werfe ich Magdalena einen schnellen Blick zu, den sie richtig interpretiert. Sie gefällt mir immer besser, nicht nur die schöne Frau, nein, ihre Art und ihre Intelligenz.

Als ich die Tasse nach dem letzten Schluck zurückstelle, legt sie ihre Hand auf meine.

Wir müssen los, Leo.

Ich mime den Überraschten – wie rasch doch die Zeit vergeht –, schicke bedauernde Blicke zu Helene und Michael. Sage, es war ein netter Nachmittag, danke für die angenehmen Stunden, es war schön, dich kennenzulernen, Helene, dich, Michael, nach so vielen Jahren wiederzusehen.

Das sind schon der Worte zu viel, denn Michael erwidert sofort, wir sollten es nicht bei dem einen Treffen belassen, nicht wahr, Helene?

Wenn du erlaubst, Leo, sagt Helene, dass wir deine Ruhe stören, hätte ich nichts gegen ein Wiedersehen.

Sie ist eine geschickte Diplomatin. Ich setze auf sie. Helene wird dafür sorgen, dass Michael nicht zu schnell unruhig wird.

Beide stehen am Geländer der Terrasse und winken, als wir zum Parkplatz gehen.

Noch rechtzeitig kommen wir zum Boot, das zur Fraueninsel fährt. Wir finden eine windgeschützte Bank auf dem Oberdeck, sehen über den See. Magdalena lehnt an mir.

Du hast gesehen, was du sehen wolltest, Leo?

Wie klug sie ist.

14

Werner ruft mich an. Kommt umgehend zur Sache. Er hat Unterlagen zur Hand, die Kampas' Zusammenarbeit mit undurchsichtigen, mit hoher Wahrscheinlichkeit mafiosen Finanzgruppen in Russland beweisen.

Das ist gut, sage ich.

Ich bitte Werner, nichts zu unternehmen, bis ich ihm grünes Licht gebe. Inzwischen möge er darüber nachdenken, wie wir die Erkenntnisse dem LKA zuspielen können, ohne in Erscheinung zu treten.

Was hast du vor, Leo?

Ich bin noch nicht so weit, weiche ich aus.

Also wir hören voneinander, sagt er, und beendet das Gespräch.

Seine letzten Worte klingen mir wie ein langer Seufzer im Ohr nach.

15

Magdalena füllt die Tür aus. Sie hat sich in eines ihrer weiten bunten Kleider gehüllt. Ich küsse sie kurz auf ihre leicht geöffneten Lippen.

Wenig später sitzen wir auf dem Sofa und trinken Tee.

Ich erzähle ihr von Werners Anruf.

Sie lacht. Hast du nicht gesagt, Kampas hat lange blonde Haare?

Worauf willst du hinaus, Magdalena?

Da gibt es doch in der Bibel, altes Testament, die Geschichte von Absalom, der beim Reiten durch den Wald mit seinen Haaren in einem Ast hängen blieb.

Feine Idee, Magdalena. Ich schmunzle. Ich habe nur noch nicht gehört, dass Kampas reitet. Aber er segelt. Vielleicht findet sich da was.

Wir lachen.

Magdalena zieht mich an ihre Brust.

Wenig später liegen wir in ihrem breiten Himmelbett.

Magdalena ist eine betörende Frau. So ganz anders als Paula. Bin ich ein Glückspilz mit zwei Frauen wie diesen als Geliebte?

Die zwei Tage auf der Fraueninsel verbrachten wir fast nur im Bett. Das Besondere daran war, dass mir noch nie ein Mensch so nahegekommen ist wie Magdalena, ich noch nie einen anderen Menschen habe so nahe an mich herankommen lassen. Sie wurde mir zu einer Vertrauten. Diese Erkenntnis schlug in mich ein wie ein Blitz aus heiterem Himmel, zuckte regelrecht durch mich hindurch. Vertrauen hatte ich mein Leben lang allein zu mir selbst. Für mich kam es einem Wunder gleich.

Magdalena besitzt eine überquellende Fantasie. Auch im Bett. Ist eine Künstlerin des Kusses. Ist im richtigen Moment lüstern. Schamlos sein zu dürfen ist für sie ein Stück persönliche Freiheit.

Meine Augen suchen sich auf Magdalenas Körper die Zielpunkte für meine Lippen. Was mir in den Sinn kommt, was sie mir erlaubt, ist gleichsam ein Naschen. Als ich an ihren Zehen knabbere, hebe ich den Kopf und sehe zu ihr hoch. Ihre Augen leuchten mir entgegen. Fasst mit einer Hand in meine Haare, zieht mich hoch, bis mein Kopf zwischen ihren großen Brüsten liegt. Sie streichelt über meinen Kopf.

Wir sprechen über Kampas.

16

Ich brauche Sprengstoff. Sprengstoff, der auf Osteuropa hindeutet. Das ist das heikelste Problem, das ich lösen muss.

Tagelang wühle ich mich durch den Schatz meiner Erinnerungen, Schicht um Schicht, klopfe die Ränder meines im Kopf gespeicherten Archivs ab. Im Garten dann steigt aus dem Duft der spätsommerlichen Rosen ein Gesicht aus dem diffusen Nebel der Vergangenheit auf. Wird langsam deutlicher.

Es war irgendwann Anfang der Neunziger. Im »Haus der Kunst« in München, ein Zufall, begegnete ich einem Mann. Einem Russen. Sergej hieß er und war auf der Flucht. Gesichtslose Gruppierungen aus dem brodelnden, kriminellen Sumpf seiner Heimat waren ihm auf den Fersen. Genau habe ich nie erfahren, worum es ging. Vermutlich um Altbestände an Waffen der Roten Armee. Ich wollte es gar nicht wissen. Was heute für mich von Bedeutung ist: Ich konnte Sergej damals helfen, von der Bildfläche zu verschwinden. Wie, ist hier nicht interessant, ist eine ganz andere Geschichte. Er kann der Mann sein, den ich brauche. Ich gehe davon aus, wenn ich ihn finde, wird er mich nicht im Regen stehen lassen.

Es macht dann doch mehr Mühe seiner Spur zu folgen, als ich dachte. Von München führte ihn sein Weg nach Hamburg, weiter nach London und von dort über Sankt Petersburg zurück nach Moskau. Jede Station ist mit einem großen Fragezeichen versehen. Es dauerte seine Zeit, bis alle Fäden, denen ich nachging, sich in Brüssel bündelten. Alte Verbindungen, die ich erneuerte, um Serge ausfindig zu machen, nutze ich dann auch, um mit ihm sicher in Kontakt zu kommen. Über die gleichen verschlungenen Wege erreicht mich seine Antwort.

Nur zwei Tage später fliege ich mit einer Linienmaschine nach Brüssel. Am Flughafen miete ich ein Auto, fahre auf der A 3 auf Brüssel zu, stelle den Wagen auf einem der großen Parkplätze am Stadtrand ab und steige in ein Taxi. Am Ring, an der Avenue des Arts, zahle ich, steige aus, gehe einige Schritte in Richtung Innenstadt. Dann winke ich einem vorbeirollenden Taxi, das mich meinem eigentlichen Ziel näher bringt. An einer Kreuzung, in deren Nähe zwei Galerien, die ich kenne, ihre Geschäftsräume haben, verlasse ich das Taxi, gehe zu Fuß, ohne Eile, ständig die Zeiger meiner Uhr unter Beobachtung, durch enge Gassen dem Grand Place entgegen. Ich war schon recht häufig in der belgischen Hauptstadt, ist sie doch zusammen mit Amsterdam eines der europäischen Zentren für afrikanische Kunst.

Ich stehe im Schatten eines historischen Gebäudes dem Rathaus gegenüber am Grand Place, dem schönsten Marktplatz der Welt, wie die Brüsseler selbst schwärmen. Er ist *der* Treffpunkt unzähliger Touristen, zu jeder Jahreszeit, zu jeder Tageszeit, auch jetzt. Der ideale Ort, um sich unauffällig zu treffen. Wie Sergej und ich. Um uns in der Menge nicht zu verfehlen, haben wir neben der genauen Zeit auch eine besondere Stelle verabredet. Als der Minutenzeiger meiner Uhr seinen kleinen entscheidenden Sprung macht, setze ich mich in Bewegung. Ich entdecke Sergej in dem Moment, in dem er mir sein Gesicht zuwendet. Wie geübt beschreiben wir voneinander getrennt einen leichten Bogen auf das Rathaus zu, um uns dann wie zufällig wieder zu treffen. Ein leichtes Lächeln als Gruß, keine Berührung, kein Handschlag.

Ich gehe sofort in medias res, sage Sergej in wenigen Sätzen, was ich benötige, während wir beide die Fassade des Rathauses bewundern.

Wäre machbar, sagt er. Zwischen kaum bewegten Lippen stellt er die Frage: Wie ich mir die Zustellung denke?

Schließfach Hauptbahnhof München. Schlüssel in einem Umschlag mit meinem Namen an den Empfang des Hotels »Bayerischer Hof«.

Leichtes Nicken als Zustimmung.

Wir stehen am Rande einer Menschentraube. Eine Stadtführung. Niemand achtet auf uns. Ich übergebe Sergej einen Umschlag, den er fingerfertig wie ein Taschenspieler verschwinden lässt. Wir nicken uns unmerklich zu, leises Lächeln zum Abschied, gehen auseinander. Sergej schlängelt sich geschickt an den dicht stehenden Menschen vorbei. Ich werfe einen Blick über den Platz, drehe mich noch einmal um. Von Sergej nichts mehr zu sehen. Unser Treffen war ein Spuk von nicht einmal einer Minute.

Ich überquere den Grand Place, tauche in eine der schmalen Gassen ein, bewege mich zwischen vielen Menschen in die Richtung, aus der ich vorhin gekommen bin. Dem ersten Taxi, dem ich begegne, winke ich zu. Lasse mich zurück zu dem Parkplatz bringen, auf dem mein Mietwagen steht. Gerade mal eine gute Stunde Zeit hat mein Abstecher zu Sergej benötigt.

Auf der Autobahn fahre ich durch Flanderns brettflache Landschaft auf Leuven zu. Dort bin ich mit einem ehemaligen Mitarbeiter von »Pythagoras« verabredet, der inzwischen als Professor an der ehrwürdigen Universität lehrt. Er gibt mein Feigenblatt ab, um meinen kurzen Abstecher zu Sergej zu tarnen. Wer weiß, wofür es gut ist.

Wir treffen uns in einer alten Gaststätte nahe dem Stadthaus, in der wir schon einige Male zusammen gesessen sind. Einen Steinwurf entfernt steht eine gar nicht so große Figur auf ihrem Sockel, die, ein Buch in der Hand, sich die Weisheit mit einem Becher in den Kopf schüttet. Wir ergötzen uns jedes Mal an der Weisheit.

An unserer Begegnung wird niemand etwas Besonderes finden, da wir als befreundet gelten, uns nicht nur hin und wieder in Leuven oder München besuchen, sondern auch telefonisch, per Mail und sogar, zu Weihnachten, brieflich in Kontakt sind.

17

Der Abendnebel zieht vom See herauf. Ich stehe hinter dem hohen Fenster. Draußen auf der Terrasse ist es schon recht kühl, weshalb Korbinian und ich heute im Wintergarten Schach spielten.

In Gedanken lasse ich den Tag an mir vorüberziehen.

Am Morgen, ich saß noch beim Frühstück, rief mich Paula an. Was so häufig vorkommt wie ein Schaltjahr. Sie hat von einem Theaterstück gehört, das auf einer kleinen Schwabinger Bühne gespielt wird, und uns gefallen könnte.

Schön, Paula, sehen wir es uns an.

Sie wird die Karten besorgen.

Die nächsten Stunden verbrachte ich damit, die offenen Fragen um die afrikanische Maske mithilfe meiner Bibliothek einzukreisen. Obwohl sich die Bücher stapelten, einer befriedigenden Erklärung kam ich nicht näher.

Nach dem Essen bei den Weilnböcks und meiner Siesta verbrachte ich eine gute Stunde im Rosengarten, obwohl es draußen feucht und unfreundlich war.

Dann kam Korbinian. Zwischen zwei Partien erzählte er von dem Blumenhändler, der auf dem Kastlerhof die große Scheune als sein Lager vorbereite. War mir bisher gar nicht aufgefallen.

Was ist mit dem Tonstudio?

Gesehen hat er noch niemanden. Nur gehört. Sie proben offenbar bei offenen Fenstern. Musikfetzen fliegen immer wieder durch die Luft. Habe ich es noch nicht mitbekommen, nicht gehört? Muss sich wohl um eine lustige Truppe handeln, denn sie lachen viel. Alles sehr dezent, nicht weiter störend. Wie sich das mit dem Blumenhändler entwickelt, werden wir ja bald merken.

Am späteren Abend erreicht mich eine Mail aus Paris. Der Galerist schreibt, er sei mit seinen Nachforschungen die Maske betreffend keinen Schritt weitergekommen. Seine Frage: Bin ich noch interessiert? Zu gerne würde er diese unangenehme Angelegenheit ruhen lassen.

Ich antworte ihm umgehend. Da auch meine Recherchen zu keinem Ergebnis geführt hätten, stimme ich ihm zu, erst einmal nichts zu tun.

18

Ich trage einen schwarzen Kimono, ruhe entspannt im Sessel. Magdalena kniet nackt zwischen meinen Beinen. Kann eine Frau einem Mann visuell und emotional mehr intensive Nähe, mehr Lust schenken? Magdalena ist ganz Künstlerin, als Puppenmacherin, als Liebhaberin und ganz sicher in ihrem Leben überhaupt.

Ein heller Summton zerstört schlagartig unseren sinnlichen Höhenflug, bereitet unserem Spiel ein abruptes Ende, lässt Magdalena den Kopf heben. Wir sehen uns in die Augen.

Der Bewegungsmelder.

Magdalena ruckt auf den Knien zur Seite. Ich stehe auf, gehe durch den Salon, öffne das Wandschränkchen seitlich der Tür, lasse den Bildschirm aufleuchten, tippe zwei Mal die Softkeys an, und sehe sie deutlich, mithilfe des Restlichtverstärkers, diese beiden dunklen Gestalten auf der Terrasse. Sie stehen vor den hohen Fensterläden, sind sich offensichtlich nicht darüber einig, was sie tun sollen. Auf jeden Fall ahnen sie nicht, dass sie längst entdeckt sind.

Ich sehe zu Magdalena hin.

Du bleibst bitte hier, sage ich.

Schließe den Kimono, gehe prüfend an meiner Sammlung vorbei, wähle eine Maske aus, pflücke sie von den Fäden, setze sie auf, greife mir noch einen Speer aus seiner Halterung.

Magdalena verfolgt mein Tun mit großen Augen. Ich winke ihr beruhigend zu und tauche im dunklen Wintergarten unter. Auf Knopfdruck bewegt sich nahezu lautlos der Laden der Tür, die auf den Rasen führt, der erst an der Mauer über der Straße endet, nach oben. Ich stoße die Tür vorsichtig auf, stakse barfuss durch das nebelfeuchte Gras zur Hausecke. Spähe vorsichtig, was durch die Maske gar nicht so einfach ist, zur Terrasse hin. Ich sehe die beiden Eindringlinge in der Hocke vor dem breiten Rollladen, den sie versuchen hochzuhebeln, mit einem Brecheisen, wie mir scheint. Ich kann alles nur schemenhaft erkennen, da diese Nacht auch recht dunkel ist.

Vorsichtig, noch haben sie mich nicht bemerkt, trete ich auf die Terrasse, mache nur kleine Schritte, hebe den Speer, balle die linke Hand zur Faust, stoße Faust und Speer in die Luft, brülle aus dem Nichts unartikuliert los, springe breitbeinig in die Luft, zwei Mal, mache einen Satz vorwärts. Die Köpfe mit den Sturmhauben zucken herum. Sie müssen erstarrt sein vor Schreck, denn sie reagieren zunächst überhaupt nicht. Wie in Zeitlupe plumpst der eine aus der Hocke auf seinen Hintern. Der andere, der mir näher ist, springt auf, hält das kurze Brecheisen fest, bleibt mir zugewandt stehen. Sein Kumpan hat sich nun nach vorne auf seine Hände fallen lassen, beginnt auf allen vieren davonzukrabbeln. Ich hüpfe brüllend vor ihnen herum. Müssen sie sich nicht wie in einem Film vorkommen oder in einem verrückten Traum? Das genau beabsichtige ich nämlich. Noch immer steht der vordere starr. Der andere rappelt sich hoch, rennt über die Terrasse, springt in den Garten und ist nach wenigen Schritten vom Nebel verschluckt.

Der, der mir gegenübersteht, ist entschieden mutiger. Kommt mir sogar langsam näher. Ein weiterer Sprung und lautes Gebrüll beeindrucken ihn offensichtlich überhaupt nicht. Er hebt seinen Arm, schwingt drohend das Brecheisen. Jetzt muss ich was tun, um ihn in die Schranken zu weisen. Ich drohe ebenfalls. Mit dem Speer. Sofort weicht er einen Schritt zurück. Eine Finte, denn plötzlich springt er auf mich zu. Ich schleudere den Speer. Gezielt. Treffe seinen Fuß.

Sein Schrei zerreißt schrill die Stille der Nacht. Das fallende Brecheisen springt scheppernd über die Steinplatten.

Der Speer steckt in seinem Fuß, wippt obszön hin und her. Was macht der Kerl jetzt? Er fängt an zu wimmern. Sein Kopf ist nach vorne geneigt. Er starrt auf seinen Fuß. Mit beiden Händen zieht er die Spitze aus dem Schuh, schleudert den Speer wütend gegen die Wand. Ich meine, ihn mit den Zähnen knirschen zu hören. Er dreht sich um, humpelt über die Terrasse, macht einen Schritt ins Leere, kippt in meinem Rosengarten um. Ich stehe da und brülle ihm nach. Mühsam rappelt er sich hoch, flucht, hat wohl in die Rosen gegriffen, trampelt durch die Rabatten, verschwindet in der grauen Suppe.

Ich stehe einige Momente und lausche. Dann taste ich mit den nackten Füßen suchend herum, bis ich Speer und Brecheisen finde und aufhebe. Gerade richte ich mich auf, da höre ich hinter mir jemanden meinen Namen rufen. Ich kenne die Stimme, drehe mich um, sehe eine kräftige Gestalt durch den Garten kommen.

Korbinian.

Schon springt der Freund geschmeidig auf die Terrasse, was man ihm gar nicht zutrauen mag, wenn er den Bären spielt. Mitten in der Bewegung verharrt er, als sei der Film angehalten. Ich verstehe sofort, woher seine Reaktion kommt. Ich habe noch die Maske auf.

Kein afrikanischer Zauberer, Korbinian, nur der Leo. Ich nehme die Maske ab.

Ist dir was passiert, Herr Doktor?

Zwei Dunkelmänner wollten mir einen unangemeldeten Besuch abstatten. Ich zeige ihm das Brecheisen.

Hat einer von denen geschrien? Warum?

Ich habe einem den Speer in den Fuß geworfen. Das hat ihm gar nicht gefallen. Ist wohl mehr aus Wut so laut geworden.

Korbinian runzelt seine Stirn. Was passiert denn plötzlich in unserem sonst so ruhigen Weiler?

Ich habe keine Erklärung dafür. Kommst du mit rein, Korbinian? Lust auf ein Bier?

Du weißt, auf ein Bier habe ich immer Lust, Herr Doktor. Aber ich muss zu Martha zurück. Sie hatte ein bisschen viel Angst.

Dann musst du wirklich gehen, mein Freund. Grüße Martha von mir, bitte. Danke, dass du gekommen bist. Ist der Schrei tatsächlich so weit geflogen?

Ich stand zufällig am offenen Fenster. Bin gleich losgerannt. Da ist was passiert, dachte ich mir.

Ich bin froh, dich in der Nähe zu wissen, Korbinian.

Nichts für ungut.

Wir wünschen uns eine gute Nacht und Korbinian verschwindet wieder im Nebel.

Ich kehre mit den Waffen ins Haus zurück.

Magdalena sitzt im Bademantel mit angezogenen Beinen auf der Couch. Sie schlägt theatralisch ihre Hände vors Gesicht, als ich hereinkomme, blinzelt durch die gespreizten Finger. Wir lachen uns zu. Erst einmal hänge ich die Maske zurück an ihren Platz. Im Licht besehe ich mir den Speer. Finde kein Blut. Weshalb hat der Kerl dann so gejammert? Phantomschmerzen? Vor Schreck? Raffinesse?

Ich stelle den Speer in die Halterung und gehe zu Magdalena, ziehe sie an beiden Händen hoch und nehme sie in die Arme.

Der Feind ist besiegt und befindet sich auf der Flucht, sage ich in ihre Haare hinein.

Mit wem hätte ich denn draußen gesprochen?

Mit Korbinian.

Ich berichte ihr, was auf der Terrasse vorgefallen war.

Wir kontrollieren am Bildschirm die Umgebung. Von den dunklen Gestalten ist nichts mehr zu sehen. Bei solch starkem Nebel auch schwer möglich. Ich schalte die Anlage wieder scharf.

War das Kampas, fragt Magdalena.

Ich nicke. Ob er einer der beiden war, kann ich nicht sagen. Aber er steckt sicherlich dahinter.

Ich rufe die gespeicherten Sequenzen von der Terrasse ab, lasse sie langsam laufen. Vielleicht ist Kampas der Kleinere gewesen, der, der sich als Erster aus dem Staub machte. Gewissheit vermittelt die Aufzeichnung nicht. Wie auch immer, lange wird er solchen Blödsinn nicht mehr aushecken. Sein bitteres Ende naht.

19

Wir spazieren, Werner Brandscheid und ich, am See entlang in Richtung »Seehaus«, wo wir essen wollen.

Kein schöner Tag. Mehr ein Vorgeschmack auf den Herbst. Über dem See liegt der Nebel wie ein graues Tuch. Das andere Ufer ist nicht einmal zu ahnen.

Ich erzähle Werner von den ungebetenen nächtlichen Besuchern und bitte ihn dann, die Detektei, mit der sowohl seine Firma wie auch »Pythagoras« immer wieder zusammenarbeiten, zu beauftragen, Kampas im Auge zu behalten. Der kleine Prinz soll keinen unregistrierten Schritt mehr tun. Vor allem möchte ich wissen, was er privat so treibt.

Werner bleibt stehen, legt die Hände auf dem Rücken zusammen, schaut über das dunkle Wasser, das sich kaum bewegt, nur winzige Wellen im Kies des Ufers auslaufen lässt.

Schon am Morgen, als die Läden hochfuhren, belagerte der wabernde Nebel des Haus. Obstbäume und Tannen zeigten sich als dunkle Skulpturen im Grau. Die schwache Zeichnung des Zaunes war nur zu erahnen, und das auch nur, weil ich weiß, wo er sich befindet. Im Laufe des Vormittags würde vielleicht die Sonne siegen.

Was sie dann doch nicht schaffte.

Bis wir das »Seehaus« erreichen, berichtet Werner mir, was er über unseren speziellen Freund Kampas Neues gesammelt hat. Manches davon ist brisant, Tretminen für den kleinen Prinzen, einige so wenig getarnt, dass sie ihm ganz schnell verhängnisvoll werden können.

Am Fuß der Treppe hinauf zum Restaurant bleibt Werner stehen, hält mich am Arm fest, blinzelt mir zu. Er möchte nachher in entspannter Atmosphäre speisen. Darum wird er mir hier kurz erläutern, auf welchem Weg dem LKA Kampas' Spielchen bekannt gemacht werden. Wird mir die mit leichter Hand inszenierte Finte skizzieren, die es unmöglich macht, der Informationsquelle zu folgen.

Eigentlich brauche ich mich nicht zu wundern, weiß ich doch zur Genüge, welch raffinierter Zeitgenosse mein alter Freund ist.

Wir schmunzeln uns an.

Ich bitte ihn, noch ein paar Tage zu warten, bevor er die verzwickte Aktion einleitet. Sage ihm aber nicht, dass ich vorher das Buch Kampas zuschlagen will.

20

Noch ist Donnerstag. Erst in einer guten Stunde wird es Freitag sein. Es regnet in Strömen. Nicht mal einen Hund wird irgendwer auf die Straße schicken.

Ein Wetter wie bestellt.

Im tiefen Schatten, nahe am Hang, ganz hinten auf dem schmalen Parkstreifen, stellt er den Wagen ab, der nur zu sehen sein wird, wenn man unmittelbar davorsteht. Auch den See, nur wenige Meter entfernt, verschlucken Dunkelheit und Regen. Der Motor schweigt. Gleichmäßig trommeln die Tropfen ihre Melodie auf das Autodach. Der Fahrer schaltet das Radio an und lauscht einem Klassikstück. Donizetti. Bis kurz nach Mitternacht, wenn die Si-

cherheitsfirma ihren nächsten Kontrollgang abgeschlossen hat, wird er im Wagen sitzen bleiben.

Kampas wird an diesem Wochenende, sagt die Detektei, auf seinem Boot sein.

Gerade weil er sich mental auf diesen Einsatz vorbereitet hat, ist ihm klar, dass ihm vor allem die Routine fehlt. Völlig klar. Aber er hat es ja nicht eilig, darf sich ruhig Zeit lassen. Da im Hafenbecken keine Laternen den Weg weisen, wird es für ihn sicherlich nicht leicht werden, das richtige Boot ausfindig zu machen.

Der Wagen der Security ist pünktlich. Die Scheinwerfer schneiden Lichtschneisen in die feuchte Nacht. Die Sicht ist schlecht. Sogar auf diese kurze Entfernung. Der Sicherheitsmann, der das Auto verlässt, wird vom Regen gestrichelt, eingehüllt und verschluckt. Wenige Minuten später taucht er als Schatten wieder auf. Gleich darauf verschwindet das Auto in der Nacht.

Jetzt beginnt der Mann im geparkten Wagen, sich mit ruhigen Bewegungen umzukleiden. Als Froschmann verlässt er das Auto, hat auf der Brust einen schwarzen Rucksack, trägt in der linken Hand Schwimmflossen, in der rechten eine Sauerstoffflasche. Leise gluckst das Wasser vor ihm. Der Regen rauscht, wird von einem stärker gewordenen Wind schräg geschoben. Er bleibt stehen, befestigt die Sauerstoffflasche auf dem Rücken, überprüft die Beatmungsfunktion, setzt die Brille auf, streift die Flossen über. Vorsichtig stakst er ins zunächst flache Wasser. Nach wenigen Metern geht er in die Hocke, schwimmt ein kurzes Stück, taucht dann unter.

Mehrmals streckt er den Kopf aus dem Wasser, um sich zu orientieren. Nur der Scheinwerfer, der das Portal des Clubhauses anstrahlt, ein ganzes Stück entfernt, sowie gerade mal eine Handvoll trüber Laternen auf den Stegen werfen schwache Lichter auf das schwarze Wasser. Die Boote liegen als dunkle Schatten in Reihe vor ihm. Er hat sich auf seine Erinnerung verlassen, die längst Makulatur ist. Als einziges Pfund, mit dem er wuchern kann, ist ihm die Zeit geblieben. Davon hat er genügend, um die »Nero IV« zu finden. Es ist ein Geduldsspiel.

Dann nimmt er es einfach als Glückstreffer, dass er nur wenige Schwimmstöße vom Heck des gesuchten Bootes entfernt erneut auftaucht. Er geht das Risiko ein, seine Lampe aus der Halterung zu ziehen und kurz aufblitzen zu lassen. Der kalte Lichtstrahl gibt Gewissheit, schneidet den Namen aus der Schwärze der Nacht.

Er schwimmt an das Boot heran, greift nach der Leiter, zieht sich hoch und klettert an Bord. Auf der schmalen Plattform im Heck bleibt er einen Moment zunächst in der Hocke, atmet durch und lässt sein Radar kreisen. Alles ist und bleibt ruhig. Nur das Wasser schlägt leise an den Rumpf, bewegt das Boot kaum merkbar, von oben rauscht es gleichmäßig vom Himmel.

Flossen, Sauerstoffflasche und Brille bleiben auf der Plattform zurück. Gebückt bewegt er sich über das Deck, steigt den Niedergang hinunter, drückt auf die Klinke und die Tür springt auf. Er drückt sich an die Wand, hält die Luft an, wartet auf eine Reaktion aus der Kajüte. Es kommt keine. Sehr nachlässig vom kleinen Prinzen, die Tür nicht zu verschließen, übermütig, oder doch nur fantasielos? Oder einfach aus Überheblichkeit dumm.

In der Kajüte, als er sieht, dass die Vorhänge zugezogen sind, lässt er das Licht seiner Lampe springen und beginnt, das Boot systematisch zu durchsuchen. Die erste Besonderheit, die ihm ins Auge sticht, ist das professionelle Funkgerät. Ist das sein Spielplatz, wenn der kleine Prinz stundenlang allein auf dem See dümpelt? Hält er damit Kontakt zu Russland? Die Antworten auf diese Fragen spielen keine Rolle mehr.

Was ich in der kleinsten Kajüte finde, im Bug, in einem Schrank, eingeschlagen in Decken, lässt mich durch die Zähne pfeifen. Damit habe ich nicht gerechnet. Es sind die zwei Gemälde von Wilhelm Leibl. Nur ganz kurz denke ich darüber nach, wie ich sie mitnehmen könnte. Sehr verführerisch ist dieser Gedanke. Aber es geht nicht. Unendlich schade.

Er schnallt den Tragesack vor seiner Brust ab, legt ihn auf den Tisch in der großen Kajüte. Knipst die Lampe an, dreht sie so, dass ihr Lichtstrahl nur noch auf die Tischplatte gerichtet ist. Setzt sich und beginnt seine Arbeit.

Mit kritischen Blicken überprüft er, was er aus den mitgebrachten Teilen zusammengebaut hat, bringt das Päckchen dann in das enge Motorkabuff im Heck, macht sich dort, auf dem Bauch liegend, mit Spezialwerkzeugen zu schaffen.

Noch einmal geht er durch das Boot. Gibt es den kleinsten Hinweis, dass er hier war? Er steigt die wenigen Stufen hinauf zum Deck. Sieht sich um. Der Regen erscheint ihm zunächst noch stärker als vor Stunden. Noch kann er das Boot nicht verlassen. Hat noch etwas an der Schraube, knapp unter der Wasseroberfläche, zu tun. Das ist eine heikle Angelegenheit, da er mit Licht arbeiten muss. Aber es ist nur eine Sache von wenigen Handgriffen. Wer kann in dieser frühen Morgenstunde, fragt er sich, bei diesem Wetter, hier weit hinten in der Marina seine Augen auf die Suche schicken und ihn entdecken? Bestimmt niemand. Unsicherheitsfaktoren sind ohnehin alleine die anderen Boote. Es ist nicht völlig auszuschließen, dass auf dem einen oder anderen Boot jemand übernachtet und nichts Besseres zu tun hat, als die Regentropfen zu zählen. Doch mit dieser unguten Möglichkeit muss er sich abfinden.

Die Zeit vergeht wie im Flug.

Er ist fertig, schaltet die Lampe aus, taucht auf, hält sich an der Leiter fest. Hängt als dunkle Gestalt im Schatten des Hecks. Unsichtbar.

Noch ein letzter Rundblick.

Schnell lässt er in Gedanken abspulen, was er in dieser Nacht auf dem Boot gemacht hat. Wichtigste Frage: Hat er nichts vergessen, hat er nichts übersehen, was später wichtig werden könnte?

Lautlos gleitet er ins Wasser. Als er drüben am Ufer wieder auftaucht, schwebt vor ihm ein dichter, grauer und feuchter Vorhang.

21

Gegen Mittag fährt Magdalena zum Chiemsee. Nicht mit ihrem auffälligen Flowerpower-Bus, mit meinem alten Freund fährt sie, dem betagten Mini aus meinen Studententagen, den wegzugeben ich mich nie überreden konnte. Sie wird ihn in Prien auf irgendeinen Parkplatz oder an einen Straßenrand stellen. Nicht in Sichtweite des Segelclubs. Als Spaziergängerin, Cafébesucherin wird sie nahe dem Seeufer, den Jachthafen im Blick, den Nachmittag verbringen. Sie wird Augenzeugin sein, wenn der kleine Prinz in den Himmel segelt.

Ich verbringe den Vormittag am Schreibtisch. Zum Mittagessen gehe ich zu den Weilnböcks.

Meine Siesta lasse ich heute ausfallen.

Stattdessen fahre ich hinüber und hole Eugen von Blauberg ab.

Hochwürden Demme hat den Baron und mich ins Kloster eingeladen. Idealer hätte er den Termin nicht wählen können. Meine Einflüsterungen in diese Richtung hat er gar nicht als solche erkannt. Ich werde ihm großzügig danken.

Wir sitzen im Innenhof inmitten alter Zypressen. Bei dunklem Bier spricht der Pfarrer von den unter Verputz versteckten Fresken im Kreuzgang, begeistert wie ein vor Liebe glühender Mann über seine schöne Geliebte. Noch immer ist nicht gesichert, aus welcher Zeit die Fresken stammen.

Mir ist einerlei, um welche Themen es in unserem Gespräch geht. Ich warte auf den Anruf von Magdalena. Er wird kurz und völlig unverfänglich sein.

Wie die Erinnerung an eine Filmsequenz sehe ich die »Nero IV« leicht über das Wasser gleiten. Plötzlich diese hohe weiße Fontäne, in der sich das Boot auflöst. Ganz kurz noch scheint sie über dem Wasser zu schweben, schwerelos. Dann zerfällt das Bild. Trümmerbrocken wie Fontäne klatschen zurück auf die Wasserfläche. Wellen laufen kreisförmig. Nach dem fürchterlichen Bums dehnt sich eine lähmende Stille aus.

Es ist ein Spätsommertag wie aus dem Bilderbuch. Weiße Schäfchenwolken segeln auf blassblauem Himmel über das Rechteck des Innenhofes. Wirklich ein schöner Tag zum Sterben, kleiner Prinz.

22

Das erste Licht des Tages fällt zum Fenster herein. Im Bademantel sitze ich am Schreibtisch. Ich schreibe die letzten Zeilen in das rote Buch.

Stehend am Fenster habe ich auf Magdalena gewartet. Als der Mini die Auffahrt heraufschoss, bin ich fast zu spät zur Tür gekommen. Sie hat das Auto nur wenige Schritte vor der Haustür stehen lassen. Dort steht es noch immer. Sie rannte auf mich zu, fiel mir um den Hals, küsste mich, dass mir beinahe der Atem ausging. Schon bevor wir das Schlafzimmer erreichten, waren wir nackt. Ihre Begierde war grandios. Ihre Schamlosigkeit stand dem in nichts nach. Stunden rasender Liebe, die nicht mal Sekunden freiließen für tastende Fragen nach dem Grund dieser feurigen Leidenschaft.

Magdalena schlief wie ein Murmeltier, als ich erwachte. Mit offenen Augen sah ich in die Dunkelheit, merkte, dass keine Müdigkeit mich zu erneutem Schlaf lockte. Ich spürte die bekannte Zufriedenheit, wie immer, wenn ich lange an einem Problem geknabbert und es schließlich gelöst hatte. Meine Lippen verzogen sich zu einem Lächeln.

Alles war wunderbar in Ordnung.

Der kleine Leo hatte endlich die Kinderschwester gefunden, die spürte, wann der Bub sich nach Wärme, Streicheln und Küssen sehnte; die wusste, was ihm fehlte. Und die sich nicht wie Christa nur um den Körper, sondern auch um die Seele kümmerte, einfühlsam seine Sehnsucht stillte, um das tiefe schwarze Loch tröpfchenweise zu füllen.

Alles war wunderbar in Ordnung.

Die beiden Störenfriede waren bestraft, Ruhe und Frieden wieder in unseren Weiler zurückgekehrt.

Ich hebe den Kopf, sehe zum Fenster hinaus und meine, die Stille zu hören.

Sehe das aufgeschlagene Buch vor mir an, lese die letzten Sätze. Wie sie stimmen!

Werde gleich den Füllfederhalter zudrehen, das rote Buch zuschlagen und es in meinen Safe legen. Ganz nach unten.

Und alles ist wunderbar in Ordnung.

syndikat
Friedrich-Glauser-Preis 2013
Bester Kriminalroman

Roland Spranger
Kriegsgebiete
224 Seiten
gebunden
Edition 211
im Bookspot Verlag
ISBN 978-3-937357-54-6
14,80 €

Schwer traumatisiert kehrt Daniel aus seinem Afghanistan-Einsatz zurück in die Heimat, in der er sich nicht mehr zurechtfindet. Seine Ehe geht in die Brüche, seine Frau Melanie zieht mit der gemeinsamen Tochter zu ihrem neuen Freund. Daniels Leben hat einen absoluten Tiefpunkt erreicht.
Da geschehen in seinem Umfeld mehrere grausame Morde. Von der Polizei als Täter verdächtigt, beginnt er auf eigene Faust zu recherchieren, wer hinter den Verbrechen steckt. Oder ist er tatsächlich der Mörder? Ist er wirklich so schizophren, dass ein Teil seiner Persönlichkeit Verbrechen begeht, an die sich der andere Teil nicht erinnern kann?

»Ein Buch, das man ungern aus der Hand legt, ehe die letzte Seite gelesen ist.«
Frankenpost

»Mit ›Kriegsgebiete‹ ist Roland Spranger ein beachtenswerter Psychothriller gelungen … Lesenswert!«
www.krimi-couch.de

»Roland Spranger gelingt es mit beinahe sparsam zu nennenden Mitteln, eine beklemmende Stimmung zu erzeugen und zu halten. Ohne Effekthascherei, mit extrem glaubhaften Figuren, fesselnd. Zusammen mit dem Protagonisten wird der Leser durch die Handlung gehetzt, desorientiert und hilflos.«
Jurybegründung zum Friedrich-Glauser-Preis 2013

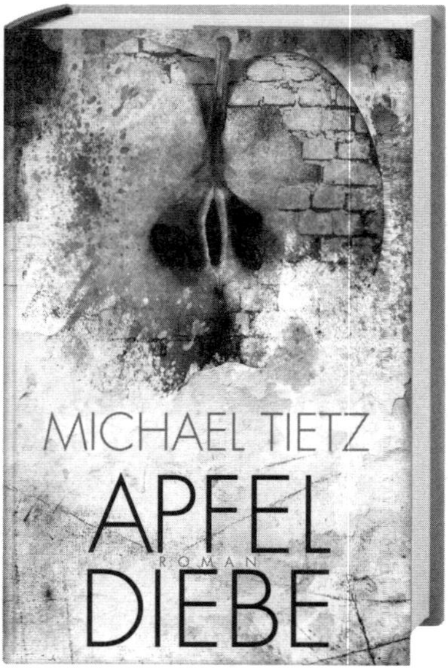

Michael Tietz

Apfeldiebe

464 Seiten
gebunden
Edition 211
im Bookspot Verlag
ISBN 978-3-937357-52-2
16,95 €

Fünf Jungen, wie sie unterschiedlicher nicht sein könnten. Ferien. Und eine Entdeckung, die das Leben der Kinder radikal verändern wird. Was als Spiel beginnt, als Abenteuer für einen Tag, führt zum spurlosen Verschwinden der fünf und zu einem Kampf auf Leben und Tod. Völlig von der Außenwelt abgeschnitten, verwandelt sich Hoffnung in Panik, wird Freundschaft zu Wahnsinn.

Und der einzige Mensch, der ahnt, wo die Jungen sein könnten, ist ein alter Mann. Ein alter Mann, der nur noch auf seinen Tod wartet …

»Tietz beleuchtet in seinem Roman die Charaktere seiner Protagonisten sehr genau und nimmt den Leser dabei mit auf eine Reise an die Grenzen der menschlichen Psyche.«
Badische Zeitung

»Ein packendes, psychologisch gut geschriebenes Buch, das den Leser abwechselnd bedrückt und aufrüttelt. Atmosphärisch dicht und sehr gut beobachtet – ein spannender, düsterer Thriller, der von der ersten Seite an fesselt!«
www.media-mania.de

Christiane Geldmacher

Love@Miriam

224 Seiten
gebunden
Edition 211
im Bookspot Verlag
ISBN 978-3-937357-71-3
14,80 €

Harry liebt Miriam, aber die liebt leider Ben, ihren neuen Freund. Doch so leicht gibt Harry nicht auf, denn wofür gibt es Social-Media-Plattformen? Miriam ist eine junge Frau von heute; sie ist online, sie chattet und trifft ihre Freunde auf Facebook. Bald ist Harry ihr auf den Fersen und schleicht sich in ihr Leben zurück, denn er hat eine Mission: Miriam zurückzuerobern, um jeden Preis. Auch wenn er dafür über Leichen gehen muss …

»Der erste Facebook-Krimi. Ein gelungener Plot, lebendige Charaktere, viel Witz. Spannend als Krimi und weil er zeigt, was Social Media aus uns machen kann.«
Stuttgarter Zeitung

»Spannend und wegen der Aktualität gern empfohlen.«
ekz.bibliotheksservice

»Love@Miriam ist ein witziger, frischer ›Facebook-Roman‹ … der in Form einer Collage gestaltete Text bleibt spannend bis zum Schluss.«
www.kriminetz.de

Eva-Ruth Landys

Die dritte Sünde

576 Seiten
gebunden
Edition Carat
im Bookspot Verlag
ISBN 978-3-937357-70-6
17,95 €

England 1838: Isobel de Burgh, die kapriziöse Tochter eines Gutsherrn, wird einem reichen Unternehmer zur Ehe versprochen. Sie will jedoch nicht auf intime Eskapaden verzichten und erpresst ihre Zofe Cathy, ihr Treiben zu decken. Isobel spielt mit dem Feuer: ausgerechnet ihr eigener Stallmeister Aaron Stutter ist das Objekt der Begierde. Skrupellos zwingt sie den äußerst attraktiven jungen Mann, ihre sexuellen Gelüste zu stillen. Als Aaron sich in Cathy verliebt, nimmt eine verhängnisvolle Ménage à trois ihren Lauf.

»Mit dem ersten Band ihrer erotischen Roman-Trilogie aus dem viktorianischen England hat die Autorin einen vielschichtigen und sozialkritischen Plot zu einem betörenden Gesellschaftsroman verarbeitet. Die historische Grundlage untermauert sie mit Fußnoten und ausführlichem Nachwort. Breit empfohlen.«
ekz.bibliotheksservice

»Nach diesem wunderbar verruchten und gleichzeitig faszinierenden Einblick ins 19. Jahrhundert freue ich mich schon riesig auf den zweiten Teil!«
Stadtbuchhandlung Sigmaringen, 15. Januar 2013

»… ein äußerst unterhaltsamer, prickelnder Roman, der zum Mitleiden und Mitfühlen einlädt und sehr schöne Lesestunden beschert. Die Vorfreude auf die weitere Entwicklung im zweiten Teil, der im Frühsommer 2013 erscheinen wird, ist geweckt!«
www.histo-couch.de

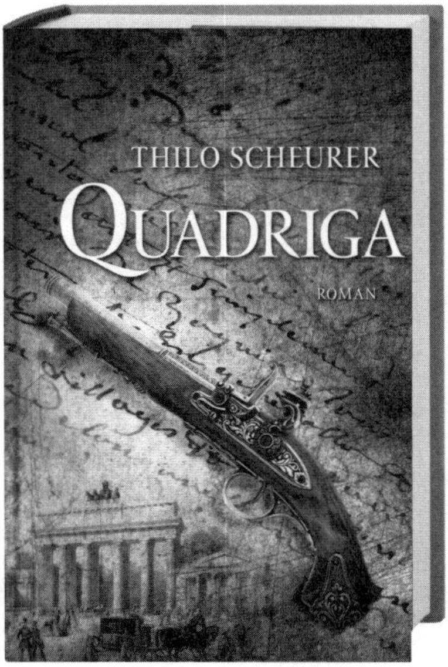

Thilo Scheurer

Quadriga

432 Seiten
gebunden
Edition Aglaia
im Bookspot Verlag
ISBN 978-3-937357-72-0
17,95 €

Frankfurt 1813: Nach Napoléons Niederlage bei der Völkerschlacht von Leipzig werden die preußischen Agenten Leopold Berend und Carl von Starnenberg mit der Zerstörung der französischen Telegrafenlinie beauftragt. Ihr geheimer Zusatzbefehl lautet: Findet die Quadriga! Denn das Wahrzeichen des Brandenburger Tors wurde 1806 von den Franzosen als Kriegsbeute beschlagnahmt. Die Operation hinter den feindlichen Linien entwickelt sich schnell zu einem tödlichen Unterfangen.

Auf tragische Weise kreuzt sich der Weg der Preußen mit dem der Tochter eines französischen Generals. Die junge Frau gewährt den fremden Soldaten Zuflucht. Doch Gut und Böse sind schon lange nicht mehr zu unterscheiden ...

Mit Quadriga wendet sich Thilo Scheurer der schwierigen Frage von Schuld und Sühne zu. Ein spannender und vielschichtiger Roman, der die napoleonischen Kriege mit berührenden Einzelschicksalen verknüpft.

„Wärmstens empfohlen!" — ekz.bibliotheksservice

„... der Autor versteht zu erzählen und hat sich einem in diesem Genre nicht alltäglichen Thema mit fundierter Sachkenntnis angenommen."
Birgit Borloni, www.histo-couch.de